Le Grand Saut

Du même auteur

Il est juste que les forts soient frappés, Éditions de l'Observatoire, 2020 ; J'ai Lu, 2021.

Les Enfants véritables, Éditions de l'Observatoire, 2021 ; J'ai Lu, 2023.

Thibault Bérard

Le Grand Saut

Éditions de L'Observatoire

ISBN : 979-10-329-2081-7
Dépôt légal : 2023, mars

170 *bis* boulevard du Montparnasse, 75014 Paris

À mon père,
pour l'inexorable boucle
et la tendresse éternelle.

Je crois qu'il y a dans ma tête des dizaines de pensées alignées en file indienne derrière chaque pensée consciente.

Stephen King, *The Outsider*.

Bref, oui, je le confesse, j'aurais aimé avoir le plus petit privilège d'un enfant tout en demeurant assez homme pour en connaître la valeur.

Charles Dickens, *Un chant de Noël*.

But who'll accept the blame
For all the hurts
Down here on earth
Unnecessary pain.

Savatage, *St Patrick's*
(Paul O'Neill / Criss Oliva / Jon Oliva).

Durant toute la conception de ce roman, j'ai écouté, en boucle et à parts égales :

I Puritani, opéra de Vincenzo Bellini,
Symbolic, album du groupe Death,

le bruit et la musique... Je ne peux que vous conseiller d'en faire autant pendant la lecture.

Première partie
Apprends à mourir

1. Jour de ténèbres
   [Zoé en bleu]
2. Jour de joie
   [Zoé en noir]
3. Jour d'échec
4. Jour de succès
   [Zoé en blanc]
5. Jour de tristesse
   Flash ! Lui et elle
6. Jour de lumière
   [Zoé en rouge]

Deuxième partie
Souviens-toi que tu as vécu

1. Jour de honte
   [Zoé en rouge]
2. Jour de disgrâce
   [Zoé en blanc]
3. Jour de victoire
4. Jour de défaite
   [Zoé en noir]
5. Jour de grâce
   Flash ! Elle et lui
6. Jour de fierté
   [Zoé en bleu]

Première partie
Apprends à mourir

1

Jour de ténèbres

12 juillet 2020.

Dans une grimace, Léonard porta la main à sa poitrine, espérant se raccrocher à quelque chose de solide alors même qu'il savait bien que sa vie ne contenait rien, absolument plus rien de solide.

Et sa vieille poitrine de fumeur de cigarillos encore moins.

Il commençait à glisser sur le carrelage de sa cuisine, un coude ripant contre le plan de travail, quand une pensée idiote lui vint : depuis combien de temps est-ce qu'il n'avait pas fait le ménage dans cette baraque ?

Ses jambes ne le portaient plus. Sur ses tempes, tout contre ses côtes et jusque dans la paume de ses mains, il sentait une sorte de bourdonnement chaud, impérieux, exerçant une très forte pression qui n'aurait pas été désagréable s'il ne l'avait immédiatement associée à l'empreinte de la Mort venant - enfin - faire son office.

– ... me chercher, sale putain...

Jurer lui apporta un bref soulagement, l'air reflua dans ses poumons, mais Léonard n'était pas le genre de bonhomme à se faire des illusions. Il était foutu et il le savait.

Son regard s'accrocha au volet disjoint qui battait à la fenêtre, juste là, dehors, sous le soleil qui dansait entre les sommets des montagnes, face à l'évier bouché où, un peu plus tôt, il était en train de trifouiller avec une ventouse. À bien y réfléchir, songea-t-il en s'affaissant un peu plus vers le sol, c'était à cause de cet évier qu'il en était là, à crever tout seul dans sa cuisine comme un con, par un jour de grand beau. Il avait pris une suée et hop, en route pour l'enfer.

Car c'était bien là qu'il finirait ; aucun doute là-dessus.

À cause d'un évier bouché...

Mais à vrai dire, c'étaient des conneries. L'évier n'y était pour rien. Si Léonard en était là, à crever seul au milieu de ses montagnes, dans sa cuisine, par un jour de grand beau, c'était par sa faute à lui seul.

Au moment où il se croyait bon pour la glissade ultime, son aisselle se cala sur le plan de travail, interrompant la chute. Il hoqueta, hébété, pantin retenu par ses fils. Ça ne changeait pas grand-chose à l'issue mais, par une bizarre intuition, il devina que tant qu'il n'aurait pas terminé le cul par terre, il lui resterait un peu de temps avant de tirer le rideau.

Le premier visage qui revient, c'est Tristan. Dans un brouillard de coton. Ses yeux froissés, exactement comme du linge. Son nez long et un peu cassé, ses lèvres délicates. Sa bouche tordue dans un rictus de stupéfaction, mêlée - Léonard peut bien l'admettre - de dégoût.

– Comment tu as pu nous faire ça, Papa ? *Comment ?*

Même en cet instant-là, avec l'ivresse qui lui piquait les yeux et lui chauffait le visage, même face à la stupéfaction méprisante qui froissait le visage de son fils, Léonard n'avait pu s'empêcher de penser qu'il était beau, son garçon. Son garçon furieux, outré. Blessé, par lui.

Ça n'avait duré qu'une seconde, tandis qu'il tanguait, accablé par le poids des reproches, mais il avait eu le temps de se dire ces mots-là, qui paraissaient bien dérisoires dans toute l'avalanche de merde qui s'était écoulée dessus : *Quel beau garçon j'ai fait.*

En attendant, il avait surtout foiré, une fois de trop.

*

* *

Ils sont dans la salle funéraire. Le cercueil de Lize rutile, cerné de terne, faisant valoir son bois tout neuf promis à finir en cendres. « Ce gâchis orchestré », pense Léonard en réprimant un relent âcre au fond de sa gorge.

Autour d'eux, l'assemblée s'est raidie. Léonard peut sentir sur ses épaules les regards de ses proches (à l'époque, on pouvait encore les désigner par ce terme), les vieux amis, les voisins, la famille au complet ; une pluie de flèches décochées par une multitude de têtes unies en une même grimace désapprobatrice. Il ne serait pas surpris si leurs lèvres, comme dans une de ces stupides comédies musicales que Lize aimait bien regarder pendant qu'il bouquinait sur le canapé, s'animaient brusquement pour lui adresser en chœur, sous forme de chant synchronisé, un hymne moqueur.

– Papa, mais regarde-toi ! Tu me fais honte !

Et comme il ne réagit pas, la main de Tristan claque brusquement sur la sienne, et la flasque qu'il tenait - il l'avait oubliée - se brise sur le sol, ensevelissant l'hymne moqueur sous une mélodie d'éclats de verre qui vont rouler sous les bancs, jusque dans les coins poussiéreux de la salle funéraire.

L'odeur du gin fend celle, clinique, qui flotte et imprègne les vêtements des tristes rassemblés.

Dans son hébétude, Léonard esquisse le geste de ramasser les bouts de verre pour éviter que quelqu'un ne se blesse, ce qui est tout aussi grotesque que paradoxal, vu le mal qu'il est en train de faire à tout le monde en ce moment même ; il s'abstient finalement, pressentant que le moindre mouvement risquerait de lui faire dégobiller son gin. Il est un navire chahuté sur un océan en furie.

Non, pas de poésie : il est rond comme une queue de pelle. Toutes ses belles images ne le sauveront pas, il le sait. Cette fois, il est allé trop loin. Depuis le temps qu'il se demandait quand ça arriverait...

Face à lui, Tristan s'énerve ; Léonard voit nettement la colère animer et déformer son beau visage. C'est étonnant d'ailleurs car, pour le reste, il ne distingue pas grand-chose. Le monde devient plus flou à chaque seconde, dans les brumes de l'alcool qui le noient et l'emportent...

Et voilà qu'il joue encore les mauvais poètes. Encore une manière de fuir la situation.

Il ne distingue presque plus rien, à présent - le visage de Tristan qui s'empourpre et se déforme, la foule brumeuse en arrière-plan...

Oh, qu'est-ce qu'il se sent mal. La bouche de son fils s'ouvre et se ferme à intervalles réguliers, il fait de gros efforts pour comprendre ce qu'il raconte, mais vraiment, il se sent trop mal. La nausée monte, il peut se figurer son propre cœur jaune et suintant comme une vieille éponge.

Il ne faut pas qu'il vomisse. Pas à l'enterrement de...

– Avec une de tes *putes*, en plus ?!

... de Lize. Son amour. Son amour qui se la coule douce dans son cercueil rutilant - elle, bordel de Dieu, n'est pas obligée de se cogner un sermon de son fils devant une foule brumeuse de petits chanteurs moqueurs ! Et en plus, il l'insulte ? Il a bien dit « pute », non ?

– Fais-la sortir, au moins ! Tu ne peux pas faire preuve d'un minimum de décence pour ta femme ? Et pour ta fille, et pour moi, après tout ce qu'on a traversé ? Pour tous les gens qui aimeraient, au moins une fois, que tu ne fasses pas tout foirer ?

D'un seul coup, la vue lui revient. Claire, impitoyable.

Cette grande salle morne au plafond trop haut, aux murs d'un blanc qui aurait tourné, aux arêtes dures. Lino imitation bois au sol, rangées de bancs, et *tous ces gens*. En plissant les yeux, il distingue Jean et Nicole. Yves et Fabienne. Et Guytou, assis seul. Et Éric, le frère de Lize, qui le fusille du regard, bras croisés. Et Monique, la mère de Lize... On dirait un pruneau, il ne l'a jamais aimée. Ensuite, quelques cousins.

Et puis bien sûr, au premier rang, Émilie.

Sa petite. Mine d'oiseau, teint pâle, cheveux clairs. Ado fragile logée dans un écrin de lumière. Elle ne le regarde pas, elle. Elle ne lui hurle pas dessus, elle. Elle ne s'est pas jointe au chœur moqueur ; sa tête est basse, prise dans ses deux mains qui lui font une nasse, et elle sanglote. Léonard voit le sillon des larmes sur ses joues, et en pensée il inflige à sa vieille éponge de cœur autant de coups de griffe que son enfant, à cause de lui, verse de pleurs.

Il s'aperçoit alors que Tristan a cessé de parler, lassé sans doute de s'adresser à un ivrogne incapable de tenir sur ses jambes, *en plus d'être un lâche*.

Hélas, c'est pour mieux passer aux actes : il l'empoigne par le coude.

– Maintenant, ça suffit. Personne n'a besoin de toi ici !

Dans l'élan, il le force à faire demi-tour, puis il le traîne derrière lui en marchant d'un pas vif entre les deux rangées. Léonard détourne le regard de son Émilie sanglotante et se laisse charrier sans résistance. Il a l'impression d'être un chenapan pris en faute par le curé dans une comédie des années cinquante.

L'image est plutôt amusante et, malgré la nausée qui remonte, il glousse, ce qui décuple la fureur de Tristan (Léonard le sent à sa poigne qui se resserre sur son coude). Comme il hoquette maintenant de rire, son fils l'envoie valser au fond de l'allée, où l'attend une femme beaucoup trop maquillée, avec une paire de nichons appréciables.

Léonard titube devant elle. Il n'est pas sûr de la reconnaître, même si son visage - assez quelconque, surtout par rapport à ses nichons - lui est vaguement familier. À la façon qu'elle a de s'adosser au mur dans une posture qu'elle voudrait digne, il peut dire qu'elle est aussi beurrée que lui.

Alors seulement, au fond de son cerveau vaporeux, les connexions se font et il se rappelle que c'est avec cette femme dont il ne saurait pas dire le nom qu'il a débarqué tout à l'heure, soûl comme un cochon, à l'enterrement de son épouse.

Ce qui, en soi, n'aurait jamais été qu'une autre de ses frasques si elle s'était produite un autre jour, ou s'il n'y en avait pas eu tant d'autres.

Il a sacrément foiré.

Eh bien, tant qu'à foirer, autant foirer en beauté : rassemblant toute son énergie pour ne pas vomir, Léonard adresse une révérence à son fiston, puis une deuxième au cercueil rutilant qui contient sa Lize chérie. Et comme il n'ose pas infliger le même affront à Émilie, il se contente d'un coup de chapeau imaginaire au reste de l'assemblée, très Cyrano de Bergerac. Soyons gascon, nom de nom !

Après s'être cogné le genou contre un banc de la dernière rangée, il part en titubant au bras de la nana aux nichons appréciables.

Comme son aisselle commençait à lui faire vraiment mal, Léonard ferma les yeux pour chasser la douleur - et le souvenir. Ce fatidique 13 mars 1995, il avait définitivement claqué la porte de sa vie à ceux qui s'efforçaient de continuer à l'aimer en dépit de tout.

Il avait « fait place nette ».

Il s'était débarrassé des siens.

Une pointe métallique traversa son thorax et vint lui glacer la colonne vertébrale, tandis qu'il crispait ses muscles pour rester accroché au plan de travail.

Ce n'était plus que l'affaire de quelques secondes, la dégringolade était amorcée.

Il eut le temps encore de voir défiler, pas toute sa vie, mais une cascade d'images dont l'assemblement rétrospectif aurait peut-être trouvé quelque mystérieuse signification sur le Grand Échiquier Cosmique où, il en avait toujours été persuadé, les vivants se croisaient depuis toujours.

Même si, à l'orée de sa mort inéluctable, ces images n'étaient rien d'autre que des images.

Ses genoux d'enfant mouchetés d'un vert gazon, se dévoilant sous l'horrible bermuda écossais que sa mère le forçait à mettre ;

la bagarre contre un grand de la classe du dessus qu'il avait miraculeusement remportée sous les hourras de ses camarades ;

les yeux de son chat, éclair noir zébré d'un éclair blanc, qui luisaient en haut de l'arbre où il s'était perché - *Te voilà, toi* ;

cette professeure de français aux airs d'héroïne austenienne, Madame Diane ou peut-être Madame Jeanne, avec sa longue tresse et ses jupes marron impeccables, dont il était furieusement amoureux ;

un cahier d'école dont il avait rempli les marges de poèmes assez médiocres mais qu'il n'avait jamais cessé de relire de loin en loin, avec une tendresse et une amertume croissantes ;

les cuisses ouvertes de Chantal avant l'instant où il allait plonger le visage dedans ;

le portail de la petite maison de son père, ce matin d'automne très doux où il était revenu le voir une dernière fois ;

la violente dispute qui l'avait opposé à ses trois copains de fac – il savait qu'il avait tort mais s'était accroché mordicus à ses convictions, orgueil de coq, *De toute façon, vous ne pigez rien à rien !*

Sa main jeune, nerveuse, qui peinait en plein milieu de la nuit à trouver la serrure du studio minuscule où il vivait alors... Encore une joyeuse soirée ;

les regards des filles qui subitement lui révélaient le séduisant jeune homme qu'il était devenu sans s'en apercevoir ;

tintements de verres, musique hurlante dans un bar bondé ;

la porte vitrée du magasin d'antiquités où il était entré au culot, mains dans les poches – *Vous vous formerez sur le tas* ;

une nuit entière à écrire et raturer ;

les lèvres de Lize pressées contre les siennes, tous deux gloussant de surprise et d'excitation ;

une nuit entière à faire l'amour ;

l'éclat de rire de Lize, si vif, si pur – et tellement imprévisible, alors comme aujourd'hui, qu'il se sentit sursauter et glisser d'un cran supplémentaire vers la mort !

une petite foule d'amis l'acclamant par en dessous ; il s'était juché sur la table du restaurant pour déclamer ses vers et Lize rosissait dans un coin ;

le crépitement baveux de deux steaks saisis au beurre (en arrière-plan, une armée de flacons d'herbes aromatiques) et sa main qui secouait la poêle avec énergie ;

Lize se cramponnant à ses épaules tandis qu'il embrassait ses cheveux d'un blond cuivré ;
un week-end à la mer... Il se jetait dans le sable comme un môme !
La jolie statuette en ivoire qu'il aimait faire tourner entre ses doigts ;
un verre levé pour trinquer avec sa vieille amie la lune, astre complice ;
Lize lui susurrant les mots qui le rendirent - absurdement - certain d'avoir trouvé un chemin où poser ses grandes pattes sans tout saccager - *Mon beau capitaine. Mon poète fou* ;
et soudain le premier bébé, son garçon jaillissant entre les murs carrelés de blanc, dans les odeurs puissantes du liquide amniotique, son nez en bouton et son front bosselé qu'il respirait en l'embrassant - *Ça y est, Tristan vient de s'endormir.*

Écran noir.
Puis, en une accélération brutale, survint un nouveau flux d'images.

Ce dessin de Tristan (un monstre marin fendant l'eau couleur émeraude) qu'il avait vraiment trouvé beau ;
ses mains s'agrippant aux bras maigres de Lize : il aurait voulu la secouer parfois et, dans le même temps, il était incapable d'affronter son regard ;
ses mains caressant le ventre à nouveau rond de Lize, lui assis derrière elle dans le canapé, elle se laissant aller sur son torse, un œil sur Tristan qui jouait par terre ;
ses mains brandissant Émilie vers le plafond de la maternité avec un peu trop de brusquerie, et le cri affolé de Lize qui lui avait inspiré de la honte ;

son reflet fagoté dans un costume qui lui donnait l'impression d'être déguisé ;
la cravate fourrée dans la boîte à gants et l'absurde sentiment de liberté, grisant malgré tout, qu'il associait à ce geste ;
un poème repêché au fond d'un tiroir, un soir, qu'il avait tenté de reprendre pour l'oublier quelques jours plus tard ;
des kilomètres en voiture avec son bazar qui tintinnabulait dans le coffre ;
Tristan riant aux éclats sous ses chatouilles, rouge de bonheur, les larmes pas loin ;
un très beau candélabre de bronze, sans valeur mais qu'il avait toujours pris plaisir à contempler ;
cette femme élégante qui le couvait d'un regard de féline, assise dans son fauteuil avec une jambe croisée sur l'autre, face à lui qui se tortillait sur le canapé crème où elle l'avait fait asseoir ;
Tu devrais t'occuper un peu plus d'Émilie et Tristan, ils ont besoin de leur papa.

Écran noir.
Puis un nouveau flux d'images. Il se laissa glisser.

La nappe à carreaux d'un restaurant de bord de route ;
d'autres cuisses ouvertes dont la vision, déjà à l'époque, lui avait rappelé celles de Chantal ;
d'autres lèvres offertes - sensation de nausée, inévitable, mais qui en ce temps-là s'estompait sous l'immense enivrement de se savoir *en escapade* ;
un guéridon qu'il avait vendu le double de son prix, il avait fêté ça avec un groupe de jeunes complètement timbrés et fini la nuit avec une dénommée Lydia, magnifique ;
sa sacoche oubliée chez un client et jamais retrouvée, qui contenait le carnet où il avait écrit ses meilleurs poèmes ;

cette soirée où il avait fait danser Lize avec un entrain qui l'avait lui-même surpris, Tristan et Émilie courant comme des fous autour d'eux ;

encore des kilomètres de route ;

le visage irrité d'Éric, venu rendre visite à sa sœur, où il avait lu un jugement qui l'avait embarrassé.

Écran noir.

Il pria de toutes ses dernières forces pour ne pas avoir à subir les images de la période qui devait survenir ensuite, le « Grand Drame Familial », la catastrophe, sa plus terrible épreuve et son plus retentissant échec.

Pourquoi est-ce que c'est à moi que ça arrive ?

Celui qui avait tout précipité et l'avait, pour finir, amené à se conduire comme un sagouin le jour de l'enterrement de sa femme, avant de faire place nette autour de lui.

Je fais encore ce que je veux, bordel de merde...

Écran noir.

Et puis...

Et puis le visage de sa fille apparut alors, comme une issue inespérée. La merveilleuse frimousse d'Émilie à sept, huit ans, plissant le nez face au soleil, ses épaules menues se relevant si mignonnement, dans un éclat de rire qui l'avait fait sursauter parce qu'il était le même, le même exactement que celui de Lize plus jeune - et qui le secoua encore une fois.

Je sais que tu l'adorais, celle-là.

Son aisselle quitta le plan de travail.

Il se cogna le cul par terre et, comme il l'avait prévu, c'est à cet instant que la Mort lui balança le coup de serpe irrémédiable.

– Merde.

Son cœur se grippa - vieille éponge plongée dans un bloc de glace -, ses poumons hurlèrent et il jeta un regard de naufragé vers le buffet indien placé entre la cuisine et le salon, dans lequel il cachait son plus beau trésor, le dernier secret qui l'avait rattaché au monde après une vie passée à fuir...

Je t'aime, envers et malgré tout.

Et il mourut.

Mais au moment où il expirait, Léonard sentit que tout allait enfin pouvoir commencer.

[Zoé en bleu]

Sans le sourire de sa mère, Zoé ne serait jamais montée en haut de ce fichu plongeoir.

C'est haut, terriblement haut. Quand elle se penche (mais il ne faut pas qu'elle se penche trop, elle pourrait glisser, ou même s'évanouir, et alors elle partirait en arrière, se cognerait le crâne sur le plongeoir et chuterait, inconsciente, du haut de ces dix mètres, *dix mètres !*, avant de se fracasser la nuque dans l'eau), les gens lui semblent minuscules. De vraies fourmis.

Elle doit plisser les yeux pour distinguer Papa et Maman, elle assise sur sa serviette, les bras enroulés autour de ses genoux, avec ses lunettes noires, et lui debout, en slip de bain, tout ventre dehors, battant des mains pour l'acclamer. Leurs silhouettes sont floues, elles ondulent comme à travers un écran de chaleur.

Il faut dire qu'il fait chaud. Terriblement. Zoé sent le revêtement en plastique coller sous ses pieds qui appuient, un coup à gauche, un coup à droite, sur le plongeoir. Elle tangue et halète dans un monde bleu étouffant.

– Zoé ! Zoé ! Saute, Zoé !

Et puis il y a ces cris qui fusent d'en bas. Ça l'agace. Elle s'aperçoit soudain que ses mains s'ouvrent en pâquerette et se referment en boule de gui, sans qu'elle s'en soit rendu compte.

– Saute, Zoé ! Saute, Zoé !

Si au moins ils arrêtaient... Comment est-ce qu'elle peut se concentrer avec ce vacarme ? Elle va fondre en larmes, s'ils continuent !

Dans un réflexe de fuite, elle envoie son regard le plus loin possible, par-delà l'enseigne du Center Parcs, vers l'éblouissant soleil d'été qui, lui aussi, semble la contempler. Attendre qu'elle ose sauter...

Et si elle renonçait ? Et si elle faisait demi-tour, tout simplement ? En un clin d'œil, elle n'aurait plus à subir les regards pesants de ceux qui patientent derrière elle, ni à endurer les cris de ceux qui l'acclament en bas. Elle serait libérée de tout ça. Il suffirait de tourner les talons, revenir à l'escalier métallique et descendre, *clang, clang, clang*, les paliers correspondant aux trois plongeoirs successifs : dix mètres, huit mètres, cinq mètres.

Les crieurs, la voyant se débiner, s'arrêteraient d'eux-mêmes. Elle passerait devant eux, les joues cuisantes mais indemne, et elle irait retrouver ses parents. Papa lui frotterait les cheveux en lui disant que ce n'est pas grave. Maman poserait un baiser sur son front et un sourire sur sa déception.

Seulement, Zoé sait bien que ce sourire n'aurait rien à voir avec celui de tout à l'heure... Le sourire qui l'a convaincue de monter sur le plongeoir.

– Moi, je le fais !

C'est ce qu'elle a répondu à Papa qui, sans réfléchir, venait de dire qu'il préférerait se faire amputer d'une jambe plutôt que de sauter de là-haut. Il s'était aussitôt mordu la langue – il connaissait assez sa fille pour savoir que c'était exactement le genre de phrase qui suffisait à réveiller le démon –, mais c'était trop tard.

Pourtant, il ne croyait pas vraiment qu'elle oserait. Il la savait têtue comme une mule, effrontément rêveuse et follement imaginative, mais pas très sportive. Les exploits physiques nourrissaient surtout ses aventures intérieures.

Et pour tout dire, elle non plus ne pensait pas qu'elle sauterait. Pas *vraiment*. Elle commençait déjà à chercher une phrase bien sentie, une pirouette verbale qui la sortirait d'affaire et ferait dire à Papa qu'elle était « un sacré phénomène », lorsque Maman, derrière ses lunettes noires, lui avait soudain adressé ce sourire si large, si fier.

Depuis à peu près toujours, Zoé sait que les sourires de sa mère, les vrais, sont rares et précieux. Pas ceux qu'elle adresse aux gens pour avoir la paix, les sourires de façade. Ceux-là, elle les distribue sans réserve, et ils sont une des choses qui font dire aux gens que Maman est « douce ». Discrète et douce. Mais ces sourires-là n'ont ni valeur ni vérité. Les vrais sourires de Maman sont bruyants, féroces comme des ratures. Si elle ne les dévoile pas souvent, c'est parce qu'elle a conscience qu'ils peuvent heurter.

Zoé, elle, n'est jamais heurtée par ces sourires-là. Elle les aime parce qu'il lui semble qu'ils contiennent quelque chose du secret de sa mère, un secret auquel personne, pas même Papa, n'accède. Quand Zoé en reçoit un, ou mieux encore, quand elle le provoque, elle a l'impression d'avoir découvert un trésor.

Ces derniers temps, Maman est fébrile. Nerveuse ? Non, pas tout à fait. Excitée, plutôt. C'est difficile à dire. Elle ne tient pas en place. À certains moments, elle éclate de rire trop fort, et à d'autres, elle a l'air de ruminer dans son coin avec un air entendu, comme si elle réservait une belle surprise pour plus tard, sauf que rien ne vient. On ne la sent pas « là ». Papa dit que c'est lié au roman qu'elle va bientôt publier, son tout premier, mais Zoé n'est pas sûre que ce soit uniquement ça. Il y a quelque chose dans la vie de Maman qui la rend encore plus bizarre que d'habitude.

« Pas *bizarre*, ma chérie : spéciale », corrigerait Papa.

Quoi qu'il en soit, Zoé ne pouvait pas renoncer après avoir provoqué le sourire de Maman. Ce sourire, elle n'avait d'autre choix que de lui obéir.

Elle a suivi les autres plongeurs (uniquement des adultes, plutôt des jeunes, surtout des garçons), grimpé en frissonnant l'escalier de métal, *clang, clang, clang*, cinq mètres, huit mètres, dix mètres, pris sa place dans la dernière file. Une fois son tour venu, elle s'est avancée jusqu'au bout du plongeoir.

La tête lui tournait, son cœur lui paraissait flotter dans sa poitrine.

Elle pouvait le faire. Elle allait le faire.

C'est là que son père a eu la mauvaise idée de crier, les mains en porte-voix :

– Saute, Zoé !

Juste après, un cri a fendu l'air parmi les baigneurs.

– Saute, Zoé !

C'était la voix d'un ado, justement. Un de ces garçons braillards qui passent la journée à sauter du plongeoir. Il a été rejoint par ses copains, qui se sont mis à scander :

– Saute, Zoé ! Saute, Zoé !

Papa battait des mains, pensant l'encourager. Maman la fixait du regard.

Et elle en est là. Les secondes deviennent des minutes et elle ne bouge pas, pétrifiée au-dessus d'un vide dont la vision floue la terrifie de plus en plus. Elle sent la honte, la colère et la confusion se disputer le terrain en elle.

Quel cauchemar.

C'est si horrible, si dur que, pour la première fois de sa vie, elle prie pour qu'on l'aide.
Oui, comme ça, formellement.
Elle pense de toutes ses forces : *Pitié, faites que quelqu'un m'aide.*

Et à cet instant, elle entend tonner une voix en elle, une voix qui ressemble aux sourires de sa mère parce qu'elle est bruyante et féroce – d'ailleurs, elle écrase immédiatement celles des crieurs, celle de son père et les *clang, clang, clang* qui résonnent entre ses tempes : « SAUTE, bordel ! »
Zoé saute, avec l'impression folle d'avoir été poussée dans le dos. Elle ne crie même pas dans sa chute, trop surprise de se retrouver en l'air, à dix mètres de hauteur, sous les acclamations de tous ceux d'en bas qui n'en reviennent pas.
Sa peur se dissout entièrement dans la puissante éclaboussure qu'elle provoque en crevant l'eau.

2

Jour de joie

2 juin 1975.

– Dépêchez-vous, le travail a commencé.

« Le travail ? » C'est ce qu'il a failli répondre mais, par miracle, il s'est arrêté à temps. Il s'est même mordu la langue, comme un môme. Comme il sort du magasin, il a cru... Mais c'est stupide, pourquoi cette bonne femme lui aurait-elle parlé boutique ? Elle ne le connaît pas. Elle s'occupe seulement de l'accueil.

L'accueil. Le mot lui a toujours fait penser à « cercueil », c'est encore un truc de môme, ça, sans doute parce que tout ce qui touche aux institutions – les mairies, les hôpitaux ou les maternités comme celle-là – le terrifie un peu.

« Jeune mousquetaire, tu vas entrer dans l'âge d'homme ! » lui a joyeusement lancé son patron tout à l'heure, juste après le coup de fil, alors qu'il s'empêtrait dans sa veste en velours en bafouillant qu'il fallait qu'il file. « Mais oui, pars, mon garçon, qu'est-ce que tu attends ? Je t'avais bien dit de prendre ton après-midi, tête de mule ! »

Il a couru comme un dératé.

Et le voici.

Elle doit le prendre pour un ahuri, la nana de l'accueil. Ça fait bien cinq secondes qu'il la fixe, haletant et en nage. Comme un foutu hibou - l'image, impromptue, l'amuse une seconde. Qu'est-ce qu'il fabrique, au juste ?

Il est complètement paumé.

– Monsieur ? Ça ne va pas ?

Il cligne des yeux, une fois, deux (hibou), puis il revient à lui. Il aimerait bien que ce soit plus facile d'*être là*, mais ça lui demande toujours un effort insensé.

Tout de même, les pièces se réassemblent dans son esprit. Il retrace le parcours qui l'a mené de la boutique, où il a reçu le coup de fil de Lize (« Mon chéri, il faut vraiment que tu viennes maintenant »), aux rues qu'il a traversées à toute allure pour aboutir ici. À l'accueil de la maternité des Floralies.

– Les fleurs..., répond-il avant de s'interrompre aussitôt.

– Pardon ?

C'est sorti tout seul, encore une association d'idées idiote, parce qu'il s'est rendu compte qu'il avait oublié de prendre des fleurs, et sur le coup, ça l'a glacé d'effroi. Il a oublié les fleurs ! Et puis il s'est raisonné, ce n'est pas primordial. Ce qui est primordial, c'est qu'il trouve la chambre de sa femme, puisque le travail a commencé. Il tire sur la manche gauche de sa chemise pour qu'elle soit symétrique à la droite.

– Excusez-moi. Je voulais dire : quel étage ?

– Au troisième. Elle est encore dans sa chambre.

Surpris, il rit.

– Où voulez-vous qu'elle aille ?

Elle fronce les sourcils, ce qui le mortifie. Il a voulu faire de l'esprit parce que c'est une jolie femme - grands yeux clairs, longs cheveux noirs - et que face aux jolies femmes, les bons mots ont tendance à lui venir tout seuls ; mais il s'est planté. Elle le regarde comme s'il était un idiot doublé d'un salopard, le genre de pauvre type qui drague la nana de l'accueil après s'être pointé en retard à l'accouchement de sa femme.

– Elle aurait pu être en salle d'accouchement, monsieur. Quand le col sera suffisamment dilaté, elle...

– Oui, oui, vous avez raison, je n'ai pas réfléchi. Le col dilaté, oui, j'ai lu, je me souviens ! Au temps pour moi !

Il passe une main rapide dans ses cheveux pour faire diversion, et aussi pour le panache, histoire de se composer une figure digne de cet emphatique « au temps pour moi ».

Ça marche : elle sourit de ses grands yeux clairs. Elle n'a plus l'air de penser qu'il est un idiot ou un salopard, simplement un jeune futur papa un peu dans la lune, ce qui lui renvoie une image de lui-même plus séduisante.

Il reprend :

– Le numéro de chambre ?

– Chambre 313, monsieur. Elle vous attend.

Elle l'attend. Bon Dieu de bon Dieu, il faut qu'il se dépêche. Il va être papa !

Il va *entrer dans l'âge d'homme*.

Et subitement, par magie presque, les mots de monsieur Burlac résonnent différemment en lui ; ils cessent d'être une simple boutade, quittent la cage de son esprit pour le frapper au cœur. « Entrer dans l'âge d'homme. » Il savoure le choc délicieux qui le secoue de part en part. Il en est tout bouleversé ; comme un môme, mais pas tout à fait.

– Elle m'attend.

Et subitement, il sait ce qu'il doit faire. Lize l'attend là-haut parce qu'il va être papa.

– Merci !

Il fonce vers l'ascenseur, se rue dans la cabine, ressort la tête pour crier :

– Euh, vous m'avez dit, la chambre... ?

– Chambre 313, monsieur.

Elle soupire, amusée. Les portes se referment. Léonard goûte, seul, son tout dernier moment d'avant l'âge d'homme.

*

* *

Merde !

Qu'est-ce que c'était ?

Qu'est-ce qui s'est passé ?!

Se rassembler, il faut se rassembler.

Occuper le centre, comme aux échecs.

Bon.

Il sait où il a « atterri », ou plutôt quand. C'est le jour de la naissance de Tristan. *Le 2 juin 1975, il y a quarante-cinq ans.* Ça lui revient d'une traite et c'est foutrement étonnant, vu qu'il n'a jamais eu la mémoire des dates.

Cela dit, le plus étonnant est qu'il soit encore en mesure de se remémorer quelque chose.

Se rassembler. Rassemblons-nous.

Il s'agit de réfléchir. C'est dans ses cordes. Ce diable d'esprit qui l'a tracassé toute sa vie peut au moins lui servir à ça. Par ailleurs, il a toujours aimé jouer.

Une partie d'échecs avec la Mort… Il a vu ça dans un film, quand il était jeune. C'était quoi, déjà ?

Non, c'est trop loin, ça s'évapore.

Rester concentré. Il vient d'assister à un épisode de son existence – un épisode crucial, sans aucun doute. Et il ne s'est pas contenté d'y assister… il l'a vécu, absolument, et peut-être plus pleinement que ne l'a fait son avatar jeune et bien vivant.

Tout le long, il s'est senti là où il devait être.

C'est là toute l'idée, il le devine. Il est où il doit être. Il lui faut être attentif, regarder, et comprendre. Apprendre à mourir ?

À ce qu'il paraît, c'est un chemin de croix qu'il entame ; et au bout du chemin, peut-être qu'il y a une clef. Peut-être...

*

* *

Léonard s'avance dans le couloir, porté par des jambes robustes d'homme jeune. Tout en marchant, il remonte jusqu'aux coudes les manches de sa chemise, afin d'avoir les mains plus libres au moment où il attrapera son bébé.

Les numéros des chambres défilent, 307, 308, la voix de la femme de l'accueil résonne dans ses oreilles, « 313 », et alors que quelques pas seulement le séparent du papa qu'il va devenir, il se répète une dernière fois le mot de monsieur Burlac.

– Entrer dans l'âge d'homme.

Puis il plante une main ferme sur la poignée de la chambre 313.

Mais alors qu'il s'apprête à entrer, c'est l'âge d'homme qui se jette sur lui. La porte s'ouvre brusquement, le laissant stupide sur le seuil. Face à lui, il voit son épouse étendue dans un lit que deux infirmiers font rouler.

– Écartez-vous, monsieur ! lui dit le premier, un brun costaud qui manœuvre à la tête du lit.

– Reculez, s'il vous plaît, ajoute le deuxième, un blond maigrelet qui pousse l'arrière.

Il ne les entend pas. Il ne les voit même pas vraiment, obnubilé qu'il est par le visage qui absorbe son champ de vision ; et cela est aussi vrai du Léonard vivant, qui ne sait encore rien de ce qui l'attend, que du Léonard mort, qui vient d'oublier tout ce qu'il savait. Le sourire de Lize éblouit tout.

– Ils ne veulent pas que je marche, parce que j'ai perdu un peu de sang... Ils sont intraitables !

Elle éclate de rire et les deux Léonard sursautent.

Lize. Elle ne lui a jamais paru aussi belle. Elle tend vers lui ce long cou de cygne qu'il a toujours aimé embrasser. Ses cheveux retombent en flopées claires sur son visage. Son teint, déjà pâle d'habitude, accuse la fatigue des efforts auxquels Léonard se reproche de n'avoir pas assisté. Elle a transpiré, des gouttes de sueur perlent à ses sourcils et jusque sur son nez qui dessine une pointe malicieuse.

Il pourrait la regarder éternellement.

Elle passe la langue sur ses lèvres, et elle dit :

– Je suis contente que tu aies fini par arriver, mon beau capitaine. Mon poète fou... et en retard !

Trois heures et quarante-sept minutes plus tard, Léonard attrape délicatement le corps mou, couvert de sang et de liquide amniotique, de son premier enfant.

Et tandis que le Léonard vivant se penche, cœur battant, pour poser ses lèvres sur le front de son petit garçon, le Léonard mort se prépare avec délices à retrouver sur les siennes la saveur d'un baiser qu'il n'a jamais, jamais oublié.

[Zoé en noir]

Samedi 3 novembre 2020.

– Zoé, parle-moi.

Les bras croisés sur les côtes frêles, mains crispées dans la cachette des aisselles.

– Ma grande ? Réponds, s'il te plaît. Arrête de bouder.

La longue mèche claire rayant le front de travers, par-dessus cet air revêche qui lui fait une tête d'écureuil furieux.

– Écoute, je n'aurais pas dû crier. Je suis... Tu sais bien, je suis épuisé. Excuse-moi. On est épuisés tous les deux. Mais souviens-toi que je ne suis pour rien dans ce qui nous arrive. Maman non plus, d'ailleurs. Personne n'y est pour rien, tu comprends ? Personne ne veut que tu souffres. Je sais que tu comprends.

L'œil orage, où flamboient mille colères sous l'illusoire calme du visage.

– Ta mère va s'en sortir. On va s'en sortir, tu verras.

Finalement, le père de Zoé se lève dans un soupir las. Il ne la voit pas qui fronce les sourcils sur son canapé, sourde à toute tendresse.

Restée seule, elle entend le lavabo glouglouter dans la salle de bains. Son père se passe de l'eau sur le visage. Il fait ça quand il a besoin de se détendre. Après une dispute, par exemple.

Zoé se cale le menton dans ses paumes. Aussitôt elle se figure en naufragée échouée sur le sable rouge du canapé, dans un monde vide d'humains, la mer autour se retirant sous les plis du tapis...

La colère s'atténue. Elle ne sait plus vraiment comment les choses se sont envenimées, pourquoi elle a poussé son père à bout.

Maintenant, elle s'en veut. Avec ce qu'il endure en ce moment... Il serait temps qu'elle grandisse. Qu'elle arrête de faire sa gamine insupportable. Même si, elle aussi, elle endure. Ce n'est pas une excuse.

Pour se calmer, elle laisse le temps à son œil orage de sillonner le salon. Imaginant le faisceau lumineux que son regard-mirador fait courir devant lui, elle attaque par la gauche ; à l'entrée du salon, la console bleu marine coiffée d'une assiette creuse remplie de pièces de monnaie, la lampe halogène, la télé écran géant machin stéréo truc (ça, c'est à Papa), la table basse « effet laqué » qui lui fait face, le fauteuil des invités, les deux étagères remplies de DVD, *24 Heures chrono*, *Prison Break*, *Walking Dead* (encore Papa), la statue en bois du singe plaquant la main sur sa bouche (sûrement un lot de trois, à l'origine, mais elle ne l'a jamais connue que seule ; petite, elle en avait une frousse terrible). Ensuite, la commode, grise celle-là, remplie de papiers administratifs et supportant trois photos dans des cadres, à l'ancienne : Papa et Maman tout jeunes pendant leur voyage à Venise, Zoé en gros plan, sourire édenté sur fond scolaire pâte à guimauve, Papa dans sa vieille tenue de hockey, brandissant sa fidèle crosse. Et puis enfin, dans le coin à droite, la jolie bibliothèque qui recouvre tout un pan de mur, avec l'affiche de *Opening Night* de Cassavetes (ça, c'est Maman).

Zoé ferme les yeux. Bien sûr, elle sait qu'elle n'est pas facile avec son père. Elle l'aime vraiment beaucoup, pourtant. Elle n'en voudrait pas un autre, parce qu'il est doux comme un oreiller et fort comme un arbre. C'est un vrai papa de film américain, et d'ailleurs il a forcé sa nature pour en devenir un, en prenant pour modèle tous ces types qu'il admire à l'écran, les Bruce Willis qui portent une casquette NY et s'accroupissent devant leur fille quand il s'agit d'avoir avec elle une Discussion Sérieuse.

Elle l'aime, mais elle l'a détesté, tout à l'heure. Pas pendant la dispute, mais juste après ; quand il a dit : « Je sais que tu comprends », pour parler de ce qui arrive à Maman. Alors qu'elle sait très bien qu'elle ne *peut pas* comprendre la situation, du haut de ses dix ans. À vrai dire, lui non plus. Parce que la situation est incompréhensible.

Malgré tout ce qu'on savait de Maman - concernant ses « failles » ainsi qu'elle-même les désignait, ou ses « particularités » comme disait Papa –, personne n'aurait pu prévoir ce qui lui est arrivé. C'est un mystère de plus à ajouter au mystère de Maman ; un mystère qui a enfermé tout le monde dans une geôle triste et silencieuse.

Les voilà tous prisonniers : Maman, Papa et elle, Zoé.

Si elle est honnête avec elle-même, elle doit admettre que ce n'est pas tant *lui* qu'elle a détesté que leur impuissance commune. Alors qu'il y a forcément une solution. Une issue. Forcément ! Elle se dit que, quelque part, il doit exister une clef à ce mystère horrible, une clef qui pourrait les libérer du piège dans lequel ils sont tombés il y a un mois, ce jour noir - le lundi 1er octobre. Le jour où Maman est tombée.

Zoé voudrait tellement trouver la clef.

Posant les mains à plat sur le canapé, elle en savoure la mollesse rassurante, simule un effet de vague qui la fait légèrement tanguer. Ça lui arrache un sourire ; elle reste, malgré la situation, une gamine qui adore jouer. Et elle est convaincue qu'elle ne cessera jamais de l'être, même adulte, même si elle devient un jour avocate ou politicienne ! Un peu comme Albert Einstein qui tire la langue sur la porte des toilettes.

– Piratesse toujours ! chuchote-t-elle, consciente d'en faire un peu trop.

Elle ferme les yeux, s'attarde sur les sons qui l'entourent. Elle se représente une sorte de sens radar s'étendant sous forme de cercles excentriques à partir de son cerveau, comme dans les *Daredevil* de Papa. Elle écoute les bruits de son immeuble. Madame Garcia fait la vaisselle à l'étage en dessous. Un gamin court en traînant quelque chose derrière lui qui produit un tintamarre métallique. Une dispute, plus loin, vive mais vite éteinte. Les pas lourds de ce gros type chauve et flippant - une montagne humaine - qui fait sa ronde habituelle : *bam-bam-bam* aller, *bam-bam-bam* retour. Le bourdonnement de la télévision provenant de trois appartements différents ; deux fois le JT de midi et une émission de clips musicaux. La bande-son de l'ennui du week-end dans un immeuble de banlieue.

D'un coup sec, Zoé envoie sa tête en arrière, pour le plaisir de voir ses boucles voleter au-dessus d'elle et retomber en flopées sur son visage. Goûte la vision du plafond strié de lianes ; elle y discerne bientôt une, deux, trois taches qu'elle n'avait jamais remarquées. Et elle pense au mystère du mal de Maman, qui pourrait se révéler, si seulement on en trouvait la clef.

Bien sûr que Maman a toujours été fragile. Et même « friable », comme a dit le maître à propos de certains types de roches. Mais pour la pulvériser ainsi, pour la réduire en un millier de fragments minuscules, il a fallu quelque chose de terrible, comme un éclair.

La foudre, rien de moins.

– Tu ne veux pas aller jouer avec tes copines ? Il fait beau...

Papa est revenu au salon. La colère oubliée, lui aussi. Il est comme ça.

Il s'est séché le visage, mais quelques gouttes s'accrochent encore à ses gros sourcils qu'elle adore débroussailler quand il la prend sur ses genoux. Bien qu'ils n'aient pas fait ça depuis longtemps. Un peu parce qu'elle commence à devenir trop grande, beaucoup parce que ce n'est pas la fête à la maison, depuis un mois. Plutôt une longue alternance de repas mastiqués en silence, de courts moments de distraction et de tentatives de Discussions Sérieuses ; monotonie sordide, toujours hantée par le souvenir de ce qui a *fini par arriver* - puisque, sans doute, c'était inéluctable. Même si on ne sait pas pourquoi, et c'est à devenir fou, de ne pas comprendre.

Zoé, en tout cas, ça la rend folle. Et son père l'énerve à lui dire d'aller jouer dehors avec ses copines. Elle voudrait bien lui répondre qu'il n'a qu'à donner l'exemple. Tiens, il n'a qu'à l'emmener au cinéma ou à la piscine, ou même voir une expo, comme du temps de Maman ! En plus, les expos, il n'y allait jamais, c'était seulement Maman et elle.

Elle pourrait aussi lui rappeler qu'elle n'a pas de copines. Ce n'est pas son truc, les copines. Pas qu'elle soit une « victime » (le concept a commencé à émerger cette année au CM2, par anticipation de la vie collégienne) ; c'est seulement que ça ne l'intéresse pas beaucoup. Elle traîne un peu avec Maylis (on ne dit plus « jouer », autre nouveauté du monde du préau), et elle apprécie Saïd, ce garçon bizarre qui peut passer toute une récréation le nez collé à la grille, dans l'espoir de voir passer un TER. De temps en temps, elle les entraîne dans un des jeux qu'elle invente, une de ces enquêtes complexes mettant en scène

« la Stupéfiante Cérébra », super-héroïne de son invention, face à une énigme qu'elle doit résoudre avant la fin d'un compte à rebours. Dans la tête de Zoé, il y a des milliers de puzzles qui n'attendent que d'être résolus.

Mais en général, Maylis et Saïd se lassent vite. Maylis a peur que ses copines l'excluent si elle ne retourne pas les voir, Saïd finit toujours par revenir à son grillage, devant ses trains éternellement espérés. Et Zoé aussi se lasse d'eux ; ils ne sont pas assez impliqués dans le jeu.

– Bon, moi je descends, faut que je lave la voiture.

Zoé veille bien, tout en dodelinant de la tête, à ne pas faire de grimace. Elle aurait horreur de le vexer, déjà qu'elle lui impose ses crises insupportables. Il adore sa voiture, il a le droit, non ? Et il est tellement mal... Comme elle.

D'ailleurs, s'il passe autant de temps à bichonner sa Mégane en ce moment, c'est parce que ce rituel lui permet de se détendre un peu, comme quand il se passe de l'eau sur le visage.

Le père de Zoé rêve d'une « remise à zéro des compteurs ». De tout son être, il rêve d'ouvrir les yeux sur un jour qui serait comme une voiture neuve. Ce serait le jour où on lui annoncerait que sa femme s'est miraculeusement rétablie, que cette histoire horrible est derrière eux et qu'elle va bientôt rentrer.

Non, mieux : ce serait le jour où sa femme rentrerait d'elle-même à l'appartement, ouvrant la porte avec cette belle énergie qu'elle avait si souvent, puis leur offrant un sourire radieux comme elle n'en réservait qu'à eux.

Enfin... non. Ce n'est pas tout à fait vrai. Même ses sourires les plus sincères n'étaient pas « radieux ». Il y avait toujours un peu d'ironie derrière, un morceau de ténèbres caché sous la lumière.

Zoé a toujours cherché à traquer les ombres tapies dans les vallées du visage de sa mère. Elle y voyait des crevasses. Elle se disait qu'un jour, sans prévenir, elles pourraient s'ouvrir sur un gouffre sans fond.

Et elle avait raison, puisque ça s'est finalement produit. Comme ça, d'un coup, sans raison apparente.

Le lundi 1er octobre dernier, Maman est tombée dans le gouffre, et elle les a entraînés dans sa chute.

Au bout de trois jours, on a dû l'interner.

3

Jour d'échec

15 mai 1968.

Ils font un de ces raffuts. Penché sur sa table en formica, sous le Velux de sa chambre de bonne, Léonard sourit pour lui-même. Debout derrière lui, le Léonard mort sourit à sa jeunesse.

Il est beau, avec ses cheveux en crinière, sa chemise ample, ses grandes mains fines. Son air de rêveur à la Grande Ourse. Ses espoirs innombrables, son ambition sans limites. Sa liberté, surtout, qui émane de tout son être. À cet âge-là, on est peu de chose, un vague fouillis d'idées et de désirs qui n'ont jamais buté sur aucun obstacle. « Pour tout bagage, on a sa gueule », chante justement Léo Ferré dans la petite radio posée au bord du bureau...

Léonard regarde. Il regarde ce Léonard beau et libre qu'il a été.

Ce Léonard n'a pas encore vingt ans, rien ne le retient ni ne le contraint. Il est un oiseau.

Les murs de son minuscule studio vibrent des cris qui fusent, dehors, des klaxons, de la clameur qui inonde les rues parisiennes. La journée sera historique, tout le monde le dit.

Lui, ce genre de choses ne l'intéresse pas ; la politique l'emmerde. Ces derniers temps, plus moyen de boire un godet sans que quelqu'un la ramène sur Mao, Cuba, de Gaulle ou l'impérialisme américain. Dans ces moments-là, il hoche la tête pour donner le change. On le connaît de toute façon pour être un indépendant, un rêveur. Sauf quand quelqu'un se pique de parler littérature, comme cette fois où les copains l'ont chambré sur ses « postures de poète imposteur ».

– De toute façon, vous ne pigez rien à rien ! il a conclu.

Depuis, on évite le sujet et ça lui va très bien. Il laisse les conversations rouler autour de lui sans y prendre part. Et parfois, assis en bout de table, il renverse sa chaise en arrière de façon à sentir sous sa nuque le mur granuleux du bar, et il rêve. Il écoute la musique, réelle ou imaginaire, et il rêve. Il est un oiseau. Tant qu'on ne l'empêche pas de voler, il supporte très bien le boucan. Du bruit, il en a déjà plein la tête. Comme dans la chanson de Ferré : « Y a pas moyen de tourner l'bouton de cette radio, on est marron. »

Oui, il abrite en lui-même un bruit immense, généreux, qui palpite à la manière d'un organe, et qui lui est aussi vital que ses poumons ou son cœur. Un jour, il sait qu'il réussira à faire de ce bruit une musique. Une musique pure, diamantine, qui bouleversera le monde. Une musique qui semblera tombée du ciel - même s'il est résolument athée, il faut bien admettre qu'on n'a pas encore fait mieux que Raphaël pour dire la beauté, et il sent bien que, d'une manière ou d'une autre, cette musique en lui est... plus qu'humaine. Elle est à la fois plus profonde et plus ample, infiniment supérieure aux bêtes remuements qui habitent ses congénères. Elle surpasse tout, y compris lui-même. Mettre en mots cette musique pour la donner à entendre, à lire, à goûter, ça ne lui semble pas moins utile que cette confiture de tracts et de slogans dont ses copains tartinent leurs conversations.

Il en entend, des slogans, par le Velux. Et des chants. Il peut même se représenter la lente et joyeuse avancée du cortège, les poings levés, les pancartes qui voguent sur la foule. Jean, Guy dit « Guytou », Yves, tous les copains de fac en sont. Sans doute qu'ils l'attendent. Les filles aussi. Ce serait l'occasion d'emballer Nicole, depuis le temps qu'il lui court après...

Bon, on verra. Plus tard. Rassemblons-nous.

D'abord, il faut qu'il finisse ce poème. Rien n'est plus urgent. C'est pour écrire qu'il est monté à Paris, pas pour brailler avec la meute. Étudier la littérature, et écrire. Bon Dieu, ça lui a valu assez de bagarres avec son père. Ce qu'il voulait, lui, c'est qu'il fasse le guignol aux PTT ou au guichet d'une banque... Plutôt crever !

Pauvre vieux, quand même. Déjà qu'il a tiré la gueule en apprenant que son gars avait coupé au service militaire, voilà qu'il se retrouve avec un poète sur les bras. De toute manière, Léonard n'aurait jamais accepté de « marcher en rang derrière une musique », comme disait le vieil Albert. Pour éviter de se cogner seize mois en kaki, il s'est carrément fait passer P4. La veille du recrutement, il a imaginé une scène de dingue où il se tailladait les poignets et se barbouillait les joues de sang en gueulant comme un singe... et, bordel, il l'a fait !

Car rien ne retient Léonard, rien ne le contraint. Il est un oiseau. À force d'engueulades, de cris et même de coups - et avec l'appui de sa mère, faut reconnaître -, il a réussi à obtenir d'aller « tenter sa chance » à la fac, à Paris. Charge à lui de se démerder, ça va de soi. Il a un peu de fric de côté pour la chambre, de quoi tenir un an.

D'ailleurs, il faudra qu'il songe à trouver un boulot, parce que ça file plus vite qu'il n'aurait cru, notamment dans les bars.

En attendant, il a ce qu'il voulait. Les chères montagnes de son enfance ne lui manquent pas, ou rarement. Il écrit, il va à la fac, il sort. Il est libre. De temps en temps, il envoie une lettre aux parents pour dire que « ça avance ».

Vers où, il ne sait pas encore.

À propos, il s'agirait de s'y remettre. Il éteint la radio, qui l'énerve maintenant que Ferré a cédé la place aux actualités. Puis il se passe une main dans les cheveux, pour le panache, et les ébouriffe dans l'espoir de remuer les idées qui mijotent dedans.

Ce poème-là, il le veut noir, corsé, et même vénéneux. Il veut *un venin nouveau*.

Il tape dans ses mains, tout excité par la belle image qu'il vient de ferrer là, au bout de son hameçon, et qu'il va pouvoir jeter encore frétillante sur le papier. *Infuser un venin nouveau.* Il écrit avec entrain, noircissant la feuille dont les marges sont couvertes de dessins et de gribouillis.

Le Léonard mort, lui, sait la déception à venir. Il attend...

Ça y est. Le gamin se relit et son air rêveur, si beau tout à l'heure, tourne au vinaigre.

Le voilà tout pâle. Bon Dieu de bon Dieu, à quoi est-ce qu'il pensait ? Quel imbécile. Un *venin nouveau*... Le poème de Baudelaire hurle en lui, pour mieux le railler : « À travers ces lèvres nouvelles, Plus éclatantes et plus belles... »

Et il termine à voix haute, seul sous son Velux :

– « T'infuser mon venin, ma sœur. »

Les vers se décantent entre ses dents serrées, l'écrasant de leur puissance, le gavant de leur saveur si forte ; tout ce qu'il cherchait à produire lui-même. Son « venin nouveau », en comparaison, c'est un bouillon de légumes.

En plus, il se souvient vaguement d'une histoire de lettre que Hugo aurait écrite à Baudelaire ; le vieux Victor y disait au jeune Charles qu'avec ses *Fleurs du mal*, il avait créé « un frisson nouveau ». Même que le jeune Charles n'avait pas trop apprécié.

Bref, c'est nul de A à Z.
Nul !
De rage, il chiffonne la feuille dans son poing, en fait une boule qu'il jette dans la corbeille. Raté : elle va rouler sous son lit, rejoindre les moutons qui paissent sur sa moquette.

Dans l'étrange apesanteur de bain tiède où il flotte, le Léonard mort se rappelle la fureur qui s'emparait souvent ainsi de lui. La frustration terrible d'être sans cesse renvoyé à de malheureux essais avortés qui, même lorsqu'il parvenait à les mener à une forme d'achèvement, ne se hissaient jamais à la hauteur du feu dont il se consumait.
Il sait que ces efforts, en définitive, étaient vains. S'il y avait bien une musique en lui, il n'était pas capable de la faire vivre. Ou peut-être que ce qu'il prenait pour de la musique n'était rien d'autre que du bruit.
Est-ce cela qu'il doit comprendre ? Faut-il seulement qu'il admette les limites qu'il s'est lui-même dessinées au fil de sa vie ? Si c'est ça, il veut bien reconnaître tout ce qu'on voudra. Oui, il a été stupide d'y croire. Et après ?
Il regarde ce jeune mec penché sur sa table, qui se prend la tête dans les mains pour la presser comme un citron alors qu'au-dehors, une horde jeune vibre à l'unisson, et il conçoit pour lui une tristesse sincère. *Oh là ! là ! que d'amours splendides j'ai rêvées...* Encore un vers qui n'est pas de lui, encore une croix de pierre qu'il enfonce dans le jardin de ses regrets.

Un éclat de rire l'arrache à ses pensées sombres. C'est un rire léger, un rire de lumière, un trille d'oiseau ! Et ce rire est le sien.
Qu'est-ce qu'il a donc à se marrer, cet âne ?
Ça lui revient en un geyser, et avec le souvenir lui remonte aussi cette folle impression de confiance qui irriguait toutes

ses pensées. À une époque où il était si sûr que le succès viendrait, un jour, s'il savait seulement être patient. Puisqu'il avait du temps devant lui. Puisqu'il avait l'éternité.

Encore tout remué par sa découverte, Léonard se regarde rire comme une baleine, tant et si bien qu'il rirait lui aussi, s'il le pouvait. C'est drôle, en effet ! C'est à se tordre. L'échec baudelairien est devenu une excellente blague, comme ça, d'un coup. Par la magie de la jeunesse, qui se hâte de rire de tout.

Merde alors, dire qu'il a failli pomper le vieux Charles ! Pire, il a failli ne pas s'en rendre compte !

Imagine s'il avait lu le poème aux copains. Il aurait eu l'air fin... À tous les coups, Guytou aurait repéré l'arnaque. Est-ce que ce n'est pas tordant, quand on y pense ?

D'un bond élastique, Léonard s'éjecte de sa chaise, s'étire sous le soleil. Il est un oiseau et, en même temps, un chat ravi. On dirait bien que l'inspiration n'est pas au rendez-vous aujourd'hui. On ne va pas en faire une histoire ! Allons prendre l'air. Partons à l'aventure, inspirons à pleins poumons, jetons-nous à l'abordage de ce grand monde bizarrement agité qui vocifère sur un océan de pancartes et de drapeaux.

Sans la moindre hésitation, il attrape sa veste, l'enfile avec souplesse, puis il ouvre la porte de sa chambre et la referme d'un coup de talon.

Il descendra l'escalier en chantonnant (« Pour tout bagage, on a sa gueule, quand elle est bath ça va tout seul, quand elle est moche on s'habitue, on s'dit qu'on n'est pas mal foutu ! ») et atterrira sur le boulevard de l'Observatoire. Il fera un bout de chemin avec les manifestants et rejoindra les copains, dans la soirée, sur le Boul'Mich. Et pour finir, il emballera Nicole : la journée n'aura donc pas été perdue.

*
* *

Léonard est resté à la porte. Vieux fantôme chamboulé par un fragment de souvenir, un presque-rien que sa mémoire avait laissé s'envoler. C'est peu de chose, ce souvenir ; un morceau du grand fouillis d'idées et de désirs qu'il était à dix-neuf ans.

Mais c'est du rien qui pèse lourd.

Il avait oublié comme il riait de ses échecs, et comme ce rire était mélodieux. Au bout de vingt-cinq années passées seul dans les remords et la honte, il en était venu à croire qu'il avait toujours été ce bonhomme rongé par un mal intérieur, un venin ancien qui se répandait chaque jour un peu plus dans ses veines... jusqu'au point de non-retour.

Quand il pensait à sa jeunesse, avant, il se voyait comme un condamné dansant aveuglément au bord du ravin, au son d'une musique qu'il était seul à entendre et qui l'avait finalement conduit à la chute, lorsqu'elle s'était révélée n'être que du bruit.

Apparemment, il s'est gouré sur toute la ligne. S'il a chuté, ce n'est pas à cause d'un mystérieux poison couvant en lui depuis toujours ; c'est parce qu'il a trop vite oublié comment il riait, dans sa jeunesse, de ses échecs. Le jour où les amers récifs de l'existence se sont précipités sur lui, il n'a pas su rire envers et malgré tout.

Oh, pourquoi a-t-il oublié ?

4

Jour de succès

17 mars 1978.

Léonard n'a aucun mal à reconnaître les lieux où il vient d'apparaître. C'est le petit appartement de la rue Cail où Lize et lui se sont installés juste après la naissance de Tristan, et où ils ont vécu jusqu'à celle d'Émilie, durant ce qu'il a toujours considéré comme *les jours paisibles* de son existence.

Cinquante mètres carrés, un salon, une minuscule salle de bains et une kitchenette, leur chambre et enfin ce réduit biscornu, en bout d'appartement, dont ils avaient fait la chambre de Tristan ; mais ça leur allait.

Les deux jeunes gens qu'il contemple, assis dans leur salon autour de la table basse, elle bien droite et mignonne sur sa chaise, lui étendu en travers du canapé, jambes croisées au-dessus de l'accoudoir, un cigarillo aux lèvres, sont parfaitement insouciants. Il feuillette un catalogue d'objets rares (à l'époque, il était tout le temps plongé dans cette littérature de brocanteurs que lui fournissait monsieur Burlac, à comparer les cotes et apprendre les détails du métier). Lize, une main levée en l'air et l'autre posée sur le bout des lèvres, attend quelque chose ; elle est aux aguets mais pas inquiète, non, pas du tout.

Elle sourit. Ils sourient tous les deux. Quelques bribes d'une chanson de Brassens reviennent à Léonard, et il se souvient que le jeune homme quasi trentenaire qu'il regarde s'étirer avec une grâce féline aimait à convoquer ces vers lorsque, relevant le nez de sa lecture, il s'offrait le luxe de mesurer sa chance.

Ils se voient déjà doucement,
elle cousant, lui fumant,
dans un bien-être sûr.

« Une chance de damné », c'est ce qu'il aimait à dire.

Certes, par rapport aux rêves puissants qui l'habitaient, cette image-là semblait plus appropriée à deux croulants qu'à un couple de jeunes gens pleins d'avenir, mais c'était justement ce qui lui plaisait : la perspective lointaine de se réveiller vieux et heureux, un jour, et de pouvoir se reposer enfin d'une existence riche et bien remplie.

Parfois, il aurait presque préféré sauter d'un bond de géant par-dessus l'étape de l'existence riche et bien remplie, s'épargner les inévitables combats, les douleurs et les déceptions qui commençaient à pointer et ne feraient plus, il s'en doutait, que se multiplier. Il pourrait ainsi échapper à la peur - croissante - de ne jamais réussir à produire le moindre écrit valable, en se matérialisant là, trois ou quatre décennies plus tard, par magie... la vie derrière lui.

Mais en général, il se raisonnait en se disant que son talent finirait par donner les fruits espérés : ce n'était qu'une question de temps, il fallait continuer d'y croire. Ça viendrait. Ce ne serait que justice.

– Ah, ça y est, susurre Lize. Tristan vient de s'endormir.

Elle baisse la main qu'elle avait posée au bout de ses lèvres et la laisse doucement tomber sur son genou. Puis elle range derrière son oreille la mèche qui ondulait devant son œil. Mon Dieu, il aimait tant ce geste. Il l'avait oublié.

– Sûre ? répond-il en abaissant le catalogue.

Elle hoche la tête avec malice.

– Certaine. J'ai compté trois minutes.

– Alors, si tu as compté trois minutes...

Il fait claquer son catalogue sur la table basse, écrase son cigarillo dans le cendrier, se relève d'un mouvement de bascule assez théâtral et vient lui voler un baiser. Il presse ses lèvres sur les siennes, tous deux gloussant de surprise et d'excitation. Le désir qu'ils n'ont pas cessé d'éprouver l'un pour l'autre, en sept ans de vie commune, ne manque jamais de les étonner. Ils sont encore très amoureux.

Lize laisse glisser sur la joue de son homme une main douce, quitte le baiser plein pour le ponctuer d'un bécot final. Elle chuchote :

– On va pouvoir dîner.

Face à elle, Léonard renverse la tête en arrière et fait mine de humer l'air :

– L'odeur rassérénante des patates au four...

Elle pouffe.

– Je ne crois pas que « rassérénant » s'accorde, mon amour.

Il hausse les épaules en lâchant un « Pfff ! » sonore, avec cette brusquerie qui la heurte toujours, même si elle sait bien qu'il plaisante, qu'il n'est pas sérieux. De temps en temps, elle voudrait peut-être qu'il soit plus sérieux. Plus... stable. Elle sait aussi qu'il est convaincu, à tort, que s'il était moins « intense », elle ne l'aimerait pas autant... mais comment le détromper, et à quoi bon ? Il est comme il est.

Ce qui l'a inquiétée, à l'instant, c'est l'éclair de dédain qu'elle a vu fuser dans son regard. Mais elle se rassure aussitôt devant le sourire qui illumine son visage, lorsqu'il s'exclame en levant un doigt de chef d'orchestre :

– Tu as vu ? *L'odeur rassérénante des patates au four / Je ne crois pas que « rassérénant » s'accorde, mon amour.* C'est presque du Victor Hugo !

Riant, elle dit :

– Oui, presque ! On devrait écrire à quatre mains, peut-être ?

Et comme elle redoute un peu qu'il ne le prenne mal, comme souvent ce qui touche à l'écriture, elle s'empresse de faire signe qu'elle plaisante.

Heureusement, il ne l'a pas mal pris. Il se dirige vers la cuisine en chantonnant « L'odeur rassérénante des patates au four » sur l'air des *Anarchistes* de Ferré.

– Je me charge des steaks ! il crie dans un tintamarre de poêles et de casseroles - il n'a jamais su ouvrir un placard sans bruit.

– D'accord, mais fais attention : Tristan d...

– L'odeur rassérénante des patates au four ! Je sais que Tristan dort, ô Lize, mon amour !

Elle va s'asseoir dans le canapé en secouant la tête, amusée - mais le Léonard mort voit le coup d'œil inquiet qu'elle a jeté vers la chambre-réduit de Tristan. Et l'autre imbécile qui continue de brailler !

Il se dit que, s'il pouvait, il viendrait attraper son avatar par la nuque pour lui dire d'être un peu moins égoïste ; mais à la seconde suivante, il convient que ce serait drôlement hypocrite de sa part, avec tout ce qu'il a fait subir à Lize plus tard.

Cette pensée se dissout dans la sonnerie du téléphone posé sur la commode, derrière le canapé. Un long grelot métallique qui semble faire tressauter l'appareil de bakélite, comme dans le tout dernier plan de cet étrange film d'espions dont le titre lui échappe... Le Léonard mort se crispe, un peu à l'idée que Tristan se réveille (ce qui est absurde, puisqu'il n'y peut rien), et surtout en prévision de ce qui va venir.

Lize a décroché. Son « Allô ? » est aussi brusque qu'elle peut l'être quand elle est très irritée, c'est-à-dire pas beaucoup. D'ailleurs, à voir pâlir son visage, il n'est pas difficile de comprendre qu'elle n'a guère impressionné son interlocuteur.

– Il est là, oui... mais il est...

Elle a failli dire qu'il est tard pour appeler chez les gens (elle a brièvement froncé les sourcils, signe qu'elle est choquée par le sans-gêne de certaines personnes), mais elle n'a pas osé. Au lieu de ça, elle chuchote en envoyant une nouvelle œillade vers la chambre de Tristan :

– ... dans la cuisine. Il prépare des steaks.

Une voix rauque bourdonne dans le combiné. Elle répond avec un sourire forcé :

– Oui, voilà, comme vous dites. Eh bien, je vous le passe.

Elle fait un pas vers la cuisine, une main couvrant le combiné, appelle doucement :

– Léonard ?

– « Y en a pas un sur cent, et pourtant ils exis-tent ! »

Vacarme des assiettes plaquées sur le plan de travail, tandis que les steaks glissent dans le beurre.

– Mon chéri ?

Les steaks jetés dans les assiettes, la poêle dans l'évier, le *pschiiit* plaisant de l'eau s'évaporant sur la fonte.

– Oui ? Qu'est-ce qu'il y a ?

– Téléphone. C'est ce monsieur... tu sais ?

Il revient dans le salon d'un pas leste. Elle pointe du doigt le combiné comme si le monsieur était caché dedans.

– Celui qui veut te proposer...

– Ah, monsieur Meung !

Le visage du Léonard vivant s'anime tandis que celui du Léonard mort s'affaisse. Il se rappelle s'être dit de nombreuses fois, au cours de ses vingt-cinq dernières années de vie, qu'il serait heureux de retrouver ce salopard de Meung en enfer. Mais au fond, il sait qu'il ne peut pas lui imputer la responsabilité de ce qui a suivi.

Monsieur Meung n'a fait que lui offrir une occasion de fuir ; il l'a saisie. Et il a pris goût à la fuite. Laquelle l'a conduit finalement à crever seul au milieu de ses montagnes, dans sa cuisine...

Il se représente brusquement l'image de son corps, qui doit être en train de pourrir sur le carrelage. Est-ce qu'il n'avait pas laissé la fenêtre de la maison ouverte ? C'est possible, on était en été...

– Allô, monsieur Meung ! Comment allez-vous ?

Léonard voit tout : l'enthousiasme mesuré qu'il prend soin d'afficher, la folle excitation qui fait battre son cœur plus vite.

– Oui, j'ai réfléchi. Écoutez, l'idée me plaît. Ça fait beaucoup de déplacements, mais ça représente aussi une belle...

Il a failli dire quelque chose et s'en est empêché. Le Léonard mort sait le mot qui n'est pas sorti de sa bouche. *Ça représente aussi une belle liberté.*

– ... opportunité.

En matière de détestation de soi, il est passé maître, mais il ne s'est peut-être jamais haï autant qu'en ce moment, alors qu'il se voit mentir effrontément devant la femme dont il était si amoureux.

– Bon, je parlerai à mon patron demain. Ha ha ! Non, c'est sûr que ça ne lui fera pas plaisir, mais...

Mais moi, j'ai besoin d'air. Encore des mots qu'il n'a pas prononcés, et que son esprit cache comme à l'intérieur d'une boîte abritant de répugnants secrets.

(Il songe, par association d'idées, au buffet indien qui se trouve à quelques mètres de son cadavre, puis il oublie : ce trésor est trop précieux pour qu'il le souille.)

– OK, monsieur Meung, on fait comme ça. J'irai voir mon patron demain, je lui présenterai ma démission et nous nous retrouvons jeudi pour les derniers détails. La voiture ? Non, je n'ai pas de préférence. Non, non, je vous assure, prenez-moi ce que vous voulez. D'accord, à jeudi. Bonsoir.

Et il raccroche. Tout fier. Tout excité par la nouvelle vie qui l'attend.

Lize s'est assise dans le canapé et, instinctivement, elle a enroulé les bras autour de son corps. Comme à l'approche du froid.

– Tu as dit oui ?

Il plisse le front. On dirait que sa question le peine. C'est le cas.

– Bien sûr que j'ai dit oui, tu as entendu ! Et puis, on en avait parlé, non ? On avait dit que c'était mieux !

– Toi, tu l'as dit.

Elle a murmuré ça d'une petite voix qui irrite Léonard.

– Quoi, « Toi, tu l'as dit » ? Qu'est-ce que tu sous-entends ?

– Moins fort, s'il te plaît. Tristan dort.

– Mais je le sais que Tristan dort, bon Dieu ! Qu'est-ce que tu sous-entends ? Réponds !

– Rien... juste que moi, je n'ai pas dit que c'était mieux. Je n'aime pas ce type. Je ne le sens pas, avec ses histoires de vente sous le manteau, son prétendu carnet d'adresses et ses clients dans toute la France. Il est louche et il a une sale tête.

Léonard lève les yeux au ciel. La vieille colère l'a pris - même s'il s'agit aussi d'un masque pour cacher sa honte.

– Une sale tête ! Pfff !

Pas de doute, cette fois : ce « Pfff » est bourré de dédain.

– On s'en fiche, de sa tête. Ce qu'il me propose, c'est d'être à mon compte. Il me donne ses contacts, je vais les voir et je négocie les ventes avec eux. Tu as vu les pièces qu'il a dans sa collection ? À la boutique, on...

– À la boutique, tu étais heureux, avant.

– Avant quoi ?

À la seconde où les mots sortent, Léonard sait qu'il n'aurait pas dû les prononcer. Il n'a pas du tout envie que Lize l'entraîne sur ce terrain-là. Il n'a pas du tout envie qu'elle l'emmène du côté où sa honte gargouille, dans la boîte aux répugnants secrets. Il ne veut pas qu'elle voie *ça*, parce que ça lui ferait horreur... et surtout parce que même lui, au fond, ne comprend pas comment cette boîte en est venue à se remplir, semaine après semaine, mois après mois, de toutes ces pensées mauvaises qui sont, au fond, la vraie raison pour laquelle il a dit oui à monsieur Meung.

C'est bien ce qui le terrifie : ne pas comprendre ce qui ne va pas chez lui. Pourquoi est-ce qu'il ne se satisfait pas de ce qu'il a ? Pourquoi est-ce qu'il doit se forcer à s'accrocher à des visions rassurantes, aussi éloignées que possible de son présent, dès qu'il s'attarde trop longtemps sur sa vie actuelle ? Pourquoi est-ce que son bonheur ne lui suffit pas ?

Elle est là, la vérité. Il est aussi heureux qu'on peut l'être, à trente ans, jeune papa d'un petit garçon qu'il adore, en couple avec une femme qu'il ne mérite pas. Il aime son travail à la boutique, et il est infiniment reconnaissant à monsieur Burlac de lui avoir donné sa chance, puis de l'avoir formé avec une telle bienveillance qu'il a souvent vu en lui un père de substitution - une figure autrement plus douce que celle de son vrai père.

Il aime sa vie, c'est certain. Mais elle ne lui suffit pas, et il sait qu'il n'est pas loin de ne plus la supporter. La chanson de Brassens ne sert qu'à retarder l'échéance.

Cela fait trop de nuits qu'il rêve de pouvoir *aller ailleurs*. Aller où il veut, quand il veut ! Laisser son esprit vagabonder au volant d'une voiture, s'arrêter pour manger un morceau à la terrasse d'un café, écrire. Être libre de ses mouvements, comme l'oiseau qu'il a cessé d'être depuis longtemps.

Dans ses rêves, il y a des pages et des pages remplies à la lueur de la lune complice, dans une chambre d'hôtel exiguë mais coquette, un verre d'alcool à portée de main.

Et il y a également des odeurs de femmes. D'autres femmes. Ces odeurs, parfois, le tiennent éveillé jusque très tard. Bien sûr, cela n'a rien à voir avec la proposition de monsieur Meung, il n'a aucune intention...

Être libre ! Voilà tout ce qu'il veut. Sauf qu'il ne peut pas le dire à Lize ; elle ne comprendrait pas. Alors il bifurque :

– De toute façon, tu ne me comprends pas !

– Ne crie pas ! Tristan...

– Je sais que Tristan dort, bordel.

Puis, il ajoute très vite :

– Écoute. Monsieur Burlac se doute bien que je n'ai pas envie de finir mes jours dans sa boutique. C'est une belle opportunité. Je gagnerai plus d'argent, on en a besoin pour Tristan.

Elle hausse les épaules.

– On s'en fiche, de l'argent. Toi aussi, tu t'en fiches, d'habitude. Tu seras toujours sur les routes...

Elle s'arrête. Elle considère le visage attristé, boudeur de son Léonard. Elle ne peut pas s'empêcher de se radoucir.

– J'aurais juste voulu qu'on en parle vraiment avant que tu acceptes.

À cet instant, le Léonard mort voit sur son visage de jeune homme une expression qui lui est particulièrement désagréable : le soulagement du fuyard qui vient de trouver une échappatoire. Il connaît bien cette sensation. Il s'y est agrippé jusqu'à sa mort.

Le jeune Léonard a encore peu d'expérience de la fuite, mais il se jette sur l'occasion qui lui est donnée. D'abord, il passe une main dans ses cheveux - c'est un geste qui attendrit Lize, il le sait. Puis il s'approche d'elle, avance son front jusqu'à toucher le sien et chuchote :

– Je veux faire ce qui est le mieux pour nous. Je serai souvent sur les routes, oui, mais j'aurai aussi plus de temps pour moi. J'aurai mes propres horaires... Quand je serai à la maison, je pourrai me remettre à écrire et en même temps m'occuper de Tristan, tu vois ?

Il a gagné. Lize affiche un air peiné mais, en réalité, il a gagné. Parce qu'elle a envie de le croire. Elle redresse la pointe de son nez, se frotte contre son visage avec un sourire conciliant.

– Si tu t'occupais plus souvent de notre fils, mon chéri, tu saurais qu'il n'est pas du tout possible de faire quelque chose « et en même temps » de s'occuper de lui.

Léonard sourit à son tour, trop heureux de s'engouffrer dans la brèche.

– Je vais m'améliorer. Il n'est jamais trop tard pour mieux faire, hein ?

Des petits pas viennent alors clapoter sur le parquet, *tap-tap-tap*.

– Tristan ? s'exclame Lize. Tu es sorti de ton lit ?

Le garçon acquiesce, clignant des yeux sous son épaisse chevelure en désordre.

– Je veux plus dormir. J'ai dormi déjà.

Avec sa bouille ensommeillée, habillé du tee-shirt trop grand qu'on lui met pour dormir, il est irrésistible. Dans la seconde, Léonard oublie tout de ses rêves de fugue ; il ne voit plus que son petit garçon. Il ne voit plus que son bonheur en tee-shirt trop grand. Pour une minute, la honte retourne dans sa boîte et il peut redevenir l'homme qu'il aurait voulu être.

Il embrasse son garçon, puis il dit :

– Je vais te recoucher.

Et il disparaît dans le couloir avec Tristan qui se rendort dans ses bras.

Sur le plan de travail, les steaks ont refroidi.

[Zoé, jour blanc]

– Mylène arrive !

Le père de Zoé range son portable dans la poche de sa veste – en fronçant les sourcils, parce qu'elle est un peu étroite.

Le nez dans son chocolat chaud, Zoé marmonne :

– Oh non...

Et pour aller au bout de son rôle, elle fait claquer le bol sur la table. Pas trop fort quand même. De toute façon, il n'a pas remarqué la petite provocation. Il cherche ses clefs de voiture.

– Qu'est-ce que tu dis ? Mais où sont ces fichues clefs ?

– Je veux pas de Mylène. Je veux aller à l'hôpital avec toi.

Assise à la table de la cuisine, Zoé grignote un toast du bout des dents en le faisant tourner entre ses doigts pour atteindre le cœur en dernier.

Il attrape sa parka sur la patère.

– Ma chérie, on en a déjà parlé. Pour l'instant, ce n'est pas possible. Mais bon sang, où...

– Sur la console, dans le vide-poches. Tu les as laissées là hier soir.

Il s'immobilise, sa parka à moitié enfilée. Elle lui trouve des airs d'albatros, avec ses longs bras gris déployés dans l'air. Comme dans le poème qu'elle a lu en classe.

– Aaaah ! Merci !

L'albatros se rue sur la console, fouille l'assiette creuse et en extirpe les clefs. Zoé voit deux pièces de monnaie rouler derrière la console. Son père n'est pas du genre délicat.

Pendant qu'elle finit de ronger son toast, il l'embrasse sur le front.

– Je ne sais pas comment je ferais sans toi.

Et il suffit qu'il dise ça pour qu'elle ait envie de pleurer. Parce qu'elle voit bien, dans la lumière qui éclaire son visage à travers la fenêtre, à quel point ses traits sont tirés, à quel point il a l'air fatigué et malheureux. Elle sait que ça l'éprouve terriblement d'aller voir Maman. Les premiers temps, c'était différent : il avait de l'espoir. Quand il se préparait pour l'hôpital, il se disait que peut-être, elle lui répondrait, cette fois.

Mais il n'y croit plus. Il y va uniquement parce qu'il faut qu'il y aille. Parce que ce serait trop moche d'abandonner Maman là-bas. Peut-être aussi parce qu'il se dit qu'on ne sait jamais, il *pourrait* se passer quelque chose et qu'il doit être là au cas où ça arriverait...

Ce n'est plus de l'espoir, ça. Plutôt le début de la résignation. Un pas de plus vers l'enfer.

C'est pour ça qu'elle l'asticote parfois dès le matin. Pour lui montrer qu'elle le comprend. Même si ce n'est pas tout à fait vrai.

– Papa, je veux la voir. J'ai... J'ai le droit, non ?

La preuve qu'elle ne comprend rien à rien : elle vient de le rendre encore plus triste. En un clin d'œil, son visage se chiffonne et il pousse ce long soupir qu'elle redoute tant, ce soupir de fin du monde.

Mais c'était plus fort qu'elle. Elle doit voir sa mère. Si elle la voit, elle trouvera peut-être une façon de la faire parler ! Ou peut-être qu'elle comprendra...

Le soupir de son père s'éteint. Il s'accroupit devant elle, très Bruce Willis, même si la parka ne colle pas avec le personnage.

– C'est pas facile de la voir là-bas, tu sais. Dans cet état. C'est pas facile du tout. C'est douloureux. Ça risque de te rendre très malheureuse.

Elle le regarde avec le plus grand sérieux. Elle avale le dernier morceau de toast, le plus tendre, et elle dit :

– Je suis déjà très malheureuse. Ça fait tellement longtemps... Elle me manque, et je voudrais juste la voir. Même si elle ne dit pas un seul mot, même si c'est très dur. Au moins, on sera tous les trois.

Et puis, comme elle l'a entendu dire ça une fois, elle ajoute :

– *Deal* ?

Il hoche la tête.

– Écoute, je vais en parler aux médecins. S'ils sont d'accord, tu pourras lui rendre une courte visite le week-end prochain. Peut-être. Mais je veux que tu y réfléchisses vraiment. Il ne faut pas que...

La sonnette l'interrompt.

– C'est Mylène. On en reparle, d'accord ? Je serai rentré pour déjeuner.

– D'accord, elle dit, sans le lâcher des yeux.

Et il lui ébouriffe sa tignasse en souriant. Alors, comme elle sent que les larmes viennent encore, elle se jette à son cou et le serre très fort. Elle se dit, dans le sanglot qui lui pique la gorge, que tout n'est pas perdu, puisqu'elle l'a fait sourire.

*

* *

Mylène a encore changé de coiffure. Aujourd'hui, c'est coupe porc-épic. C'est une blague récurrente entre Zoé et son père, la coiffure de Mylène. Mèches rouges, tresses serrées, dreadlocks, tempe rasée et nuque longue, elle leur a tout fait. « Le crâne de cette jeune fille est un vaste champ d'expérimentation capillaire ! » a dit Papa, une fois.

Bon, Mylène est sympa, Zoé est d'accord là-dessus. Elle lui prête son portable pour qu'elle puisse jouer à *Treasure Quest*, et elle se force parfois à participer aux enquêtes de la Stupéfiante Cérébra. Même si elle n'est pas hyper motivée, et même si, la plupart du temps, elle reprend son portable au bout de dix minutes pour textoter tout l'aprèm avec son copain qui a un surnom de plante (« Estragon » ou « Basilic », quelque chose comme ça).

N'empêche, Mylène n'est pas une plante du genre envahissante.

– Je te laisse faire tes trucs, ma puce ?

C'est le signal pour dire qu'elle va se mettre dans le canap et aller sur WhatsApp, et que ce serait chouette de ne pas trop rester dans ses pattes. Parfois, Zoé fait exprès de ne pas comprendre ; juste pour le plaisir de la voir mâchouiller son piercing à la lèvre d'un air embêté, elle dégaine un problème de maths qu'elle n'a pas bien compris, ou alors elle décide qu'elle meurt de faim et qu'il lui faut des œufs brouillés, là, s'il te plaît, tout de suite, avec des tomates dedans. Et même, une fois, elle a dit qu'elle avait besoin de parler de Maman (mais elle ne l'a jamais refait. Maman aurait détesté et, en plus, ça lui avait vraiment démoli le moral pour la journée).

Tout en lapant une gorgée de chocolat chaud, elle regarde sa baby-sitter s'installer dans le canapé, enroulée dans un châle à rayures d'assez mauvais goût, enfin elle trouve. Papa a insisté pour qu'elles aillent faire un tour dans la matinée, qu'elles s'aèrent, et que la maison soit un peu rangée quand il rentrera.

C'est ce qu'elle devrait dire à Mylène... mais elle ne le fera pas. Parce qu'elle n'est qu'une petite fille et qu'elle a le droit d'oublier d'être sage, une fois de temps en temps. Surtout avec ce qu'elle traverse.

Et aussi parce qu'elle a trop envie de penser à sa maman. En fait, elle a envie de faire exactement le contraire de s'aérer : elle veut s'enfouir comme une taupe dans les vieux souvenirs, en respirer la poussière douce et chaude à s'en brûler les poumons. Elle veut rentrer sous la terre de sa mère et s'y blottir.

Alors elle décide qu'elle ira fouiller dans la commode grise, qui ne contient pas seulement des papiers administratifs mais aussi des photos. Plein de photos de jours plus heureux, immaculés. Voilà : Zoé a besoin d'un jour blanc. Même si elle sait que Papa n'aime pas trop qu'elle fasse ça, sans doute parce qu'il a peur qu'elle ne veuille jamais ressortir de son trou de taupe.

– Ça roule, ma puce ?

Le cri de Mylène, lancé depuis l'autre bout du salon, la fait sursauter. Elle renverse le reste du chocolat chaud sur la table. Zut. Bon, elle nettoiera plus tard.

– Oui, oui, je joue !

Et elle descend discrètement de sa chaise pour aller s'agenouiller devant la commode, derrière le canapé. À l'abri des regards.

C'est drôle, elle pense en faisant passer les photos d'une main à l'autre comme des cartes à jouer. Dans *Peter Pan*, le secret pour s'envoler, c'est de trouver sa « pensée heureuse ». Elle, ses pensées heureuses la font plonger dans le trou de taupe. Dans la douceur rare, dure à acquérir, de sa mère.

Elle caresse du pouce son visage pâle, un peu creusé, pris dans un rayon de soleil sur une terrasse de café avec des amis que Zoé ne connaît pas. Et elle plonge. Les yeux plantés dans ceux, glacés, de la photo, elle chuchote tout bas - juste assez fort pour s'entendre elle-même :

– Qu'est-ce qui s'est passé, Maman ?

Elle a l'image très nette de ses mots flottant dans l'air devant elle. Oh, s'ils pouvaient passer par la fenêtre, prendre la route des airs et foncer tout droit, très vite, franchir le périphérique, filer jusqu'à l'hôpital où se repose sa mère, trouver le numéro de sa chambre, se faufiler sous la porte à la façon de petits fantômes ailés, et l'atteindre, enfin, là où personne ne parvient à l'éveiller !

Au fond, peut-être que les contes disent tout de travers. Peut-être que la réalité, c'est justement l'inverse de ce qu'ils racontent. Et donc, se dit Zoé, si ses pensées heureuses la font plonger si facilement dans le souvenir de Maman lorsqu'elle allait bien, peut-être qu'il faut une pensée malheureuse pour voler jusqu'à elle dans l'état où elle est maintenant.

Sa pensée malheureuse n'est pas difficile à débusquer. Elle a un nom : lundi 1er octobre.

Il y a maintenant cinq semaines, quand Maman est rentrée à la maison avec cette expression si atroce... ou plutôt non, avec cette absence d'expression, ce qui était encore plus atroce.

Comme si on lui avait collé un masque de cire sur le visage. Au milieu des DVD de Papa, il y en a quelques-uns qui sont à Maman, notamment *Les Yeux sans visage*. On y voit, sur un fond couleur sang séché, une femme longue et maigre comme un oiseau, toute blanche, vêtue d'un imperméable blanc et portant un masque de cire qui ne laisse voir que ses yeux. Une fois, Zoé s'est forcée à regarder la jaquette en se répétant : « C'est qu'une image, c'est qu'une image », et ensuite elle a fait des cauchemars pendant des semaines. Elle n'en a jamais parlé à personne.

Maman, ce jour-là, était exactement comme la femme des *Yeux sans visage*. Elle n'avait plus de faciès, plus de bouche, plus de nez. Que des yeux qui semblaient avoir vu quelque chose de si affreux que ça avait tout balayé, tout détruit sur son visage.

Sur ses joues, il y avait de longues stries rouges - de ce rouge brunâtre que prend le sang qui a séché.

Zoé faisait ses devoirs. Plus tôt dans la journée, Papa était allé la chercher après l'école. D'habitude, c'était Maman qui s'en chargeait - surtout le lundi, parce qu'elle ne travaillait pas à la bibliothèque. Mais là, non. Zoé trouvait que c'était pas mal, pour une fois, d'avoir son papa qui venait la récupérer au portail ce lundi-là. Sans compter qu'elle avait pu frimer devant Maylis et Saïd quand il l'avait prise sur ses épaules. Leurs pères à eux ne faisaient plus ça, mais elle avait la chance d'avoir un papa costaud. Durant quelques secondes, elle avait dominé la rue devant l'école.

« Maman rentre ce soir », il avait dit.

Parce que, oui, elle était partie depuis samedi. Zoé ne savait pas bien pourquoi, juste que ça avait un rapport avec sa famille, et qu'il ne fallait donc pas trop poser de questions vu que Maman détestait parler de sa famille. Elle l'avait seulement entendue, la veille de son départ, expliquer à Papa qu'il « fallait absolument qu'elle y aille ».

Et à son retour, au moment où elle avait poussé la porte de l'appartement, tout s'était écroulé.

En fermant les yeux, Zoé peut très bien revoir son père s'avancer, l'air inquiet, lui demander si tout va bien, puis lui demander de répondre, puis poser les deux mains sur ses bras raides et la supplier de répondre, et la supplier plus fort, et lui crier de répondre ! Avant de la secouer, de moins en moins doucement, sans qu'elle réagisse.

Zoé revoit son visage à lui, sur lequel les expressions se succédaient à toute allure, l'incompréhension, l'irritation, la colère, la peur, la terreur. Alors qu'il implorait sa femme de lui dire un mot, juste un, un seul. Rien qu'un.

Maman n'avait pas dit un seul mot. Ni ce jour-là ni le suivant. La pensée malheureuse de Zoé s'appelle lundi 1er octobre, mais c'est le genre de pensées qui s'étale en longueur, comme Mylène sur le canapé : une pensée qui prend de la place. La racine de la pensée malheureuse, c'est le visage de cire de Maman. Ses branches, ce sont les jours suivants, rythmés par les infimes espoirs et les déceptions immenses, à mesure qu'il devenait évident qu'elle n'irait pas mieux.

Papa l'a mise au lit le premier soir, elle n'en est plus sortie. Elle avalait une cuillère de soupe quand il la lui fourrait dans la bouche, comme à un bébé, mais n'esquissait pas le moindre geste pour s'alimenter seule. Elle restait étendue, immobile. Parfois on l'entendait pleurer, sans faire de bruit, et c'était la chose la plus triste que Zoé ait vécue de toute son existence. Et c'était tout.

On ne comprenait pas ce qui lui était arrivé, ni pourquoi. On ne comprenait pas non plus comment elle avait réussi à revenir à l'appartement dans un état pareil - surtout qu'apparemment, elle avait pris la voiture. Elle s'était garée n'importe comment en bas de l'immeuble. Un voisin avait retrouvé son sac à main dans le hall.

Papa a tenu deux jours. Deux jours à la nourrir, à la laver, à essayer de la faire parler, de comprendre. Puis il a fait venir un médecin qui a évoqué un « choc catatonique » en précisant qu'il n'était pas expert et que la situation relevait d'une autre compétence que la sienne.

Alors Papa a fait venir des gens qui l'ont emmenée.

Ce jour-là, sur l'arbre de la pensée malheureuse de Zoé ont poussé des fruits noirs, pourris sur pied. Ils se sont détachés de leurs branches pour s'écraser au sol, un à un, avec des « *splotch* » dégueulasses, tandis que les infirmiers faisaient marcher une Maman apathique entre eux, un genre de spectre vivant. Maman ne s'est pas débattue comme dans les films dramatiques, et elle n'est pas revenue à la vie comme dans les comédies.

Elle a seulement marché entre les infirmiers, à petits pas, tête basse. Vaincue.

Zoé s'était cachée dans sa chambre en les entendant arriver. Elle avait suivi toute la scène à travers l'embrasure de la porte, et elle n'avait même pas pleuré.

Enfin, si, mais après, quand la porte s'était refermée et qu'elle avait vu son papa, avec ses deux grosses mains plantées sur l'évier, tout courbé, et qu'elle avait compris que si ses épaules s'agitaient, c'était parce qu'il sanglotait. Là, oui, Zoé avait fondu en larmes. Mais ils n'avaient pas pleuré ensemble ; leurs sanglots se répondaient d'un bout à l'autre de l'appartement. Ensuite, il avait ouvert le robinet et s'était passé de l'eau sur le visage, pour mettre un masque de cire sur sa tristesse.

C'est ça, la pensée malheureuse de Zoé. Dans toute la force de son déploiement, tendue vers le ciel comme un arbre malade qu'elle ferait quand même pousser.

Ce qu'elle voudrait, c'est savoir *où* doit se rendre sa pensée malheureuse pour couper les racines de l'arbre.

Où ?

Où ?

Elle va le crier autant de fois qu'il faudra, jusqu'à ce que sa mère l'entende !

Où ?

Où, où, où, où,
où, où,
où, où, où, où,
où, où, où,

où, où,

où, où, où, où,

où ?!

Où, Maman ?

Elle attend, les genoux plantés au milieu des photos dispersées par terre, et elle compte vingt secondes dans sa tête, vingt secondes exactement.

Et, à l'instant où elle s'y attendait le moins, la réponse vient.

Entre les parois de son crâne, elle voit se dessiner les lignes d'un cube blanc. Blanc comme ce jour, décide-t-elle. Un jour qui reste à écrire. Un jour d'espoir ! Les côtés du cube se colorent bientôt de brun, jusqu'à ce qu'apparaisse l'image d'un coffre ancien, en bois et en métal, joliment décoré. Un vrai coffre au trésor.

Elle l'a déjà vu, ce coffre. Malgré son imagination débordante, elle n'a pas pu se représenter seule des détails aussi précis. Elle l'a forcément vu quelque part, mais où ?

Retour à la question initiale. Elle ne s'envole pas, là, elle tourne en rond, elle...

La cave.

La cave de l'immeuble, au sous-sol ! Cette fois où elle a accompagné Papa, quand il descendait les cartons des vêtements d'hiver... C'est là qu'elle l'a vu. Papa le lui a montré d'un coup de menton, et il a dit :

– Tiens, c'est la boîte à secrets de ta mère.

Il a parlé d'un pacte entre eux deux, instauré depuis longtemps ; elle venait ranger là des choses intimes, des choses notamment liées à son passé, qu'elle n'avait envie de partager avec personne, même pas lui, *personne*. Zoé avait été un peu choquée d'être comprise dans le lot, mais bon, ça faisait partie de Maman. Elle avait quand même demandé :

– T'as jamais eu envie de l'ouvrir ?

Il avait eu une moue amusée.

– Ça m'est arrivé. Mais chaque fois que j'en ai eu envie, j'ai pensé à la tête que ferait ta mère, et je t'assure que ça m'a dissuadé !

Ils avaient ri (depuis combien de temps est-ce qu'ils n'ont pas ri ensemble ?) et ils étaient remontés. Zoé avait oublié le coffre... jusqu'à aujourd'hui.

Ce coffre qui, peut-être, contient un morceau du mystère de sa mère. Ce coffre où peut-être, qui sait, se loge le secret du mal qui la ronge. Oui, qui sait ?

Elle se dit que si elle pouvait aller voir sa mère à l'hôpital, elle lui demanderait la permission de regarder dans le coffre. Après tout, peut-être que ça la ferait réagir... Rien que de penser à l'image de sa mère bien vivante, pleine de colère et de bruit mais aussi, à nouveau, capable de joie et d'amour, Zoé se dit qu'elle doit essayer.

Elle en reparlera à son père, et elle tentera sa chance.

En attendant, elle ferme les yeux pour visualiser la porte des caves - une porte coupe-feu qui lui a toujours fichu la frousse. Elle voit des couloirs gris. Elle voit le chemin se tracer. C'était quoi, déjà, la phrase de *Peter Pan* ? *Dernière étoile à droite...*

Soudain, exactement comme si elle l'avait elle-même poussée par la pensée, la porte de l'appartement s'ouvre.

– C'est moi !

Il est déjà rentré. C'est fou comme le temps a filé. Il s'approche de son pas lourd et fatigué d'après l'hôpital. Ça ne s'est pas bien passé, ce qui n'est pas une surprise mais reste une déception...

Zoé lève les yeux vers lui, prête à affronter son regard abattu.

Mais le regard qu'elle découvre est moins abattu que courroucé. Bien vivant, plein de colère et de bruit. En arrière-plan, elle aperçoit Mylène qui s'est levée en hâte du canapé.

Il les fixe un long moment, puis il éclate :

– Vous vous fichez de moi ou quoi ? Mylène, tu as passé la matinée sur ton portable au lieu de t'occuper de ma fille ? C'est pour ça que je te paie, moi ? Et toi Zoé, tu as vu ce bazar ? La table est dégoûtante, les photos éparpillées par terre… Je rentre, la maison ressemble à une porcherie et vous n'avez rien fichu de la matinée !

Il s'interrompt, à bout de forces, et pousse le soupir de fin du monde que Zoé redoute tant. Puis il murmure, d'une voix qui n'est plus qu'épuisement :

– Est-ce que personne ne comprend que j'ai un tout petit peu besoin d'aide ?

5

Jour de tristesse

8 avril 1985.

Il est au volant de sa Citroën, un coude à la portière, un cigarillo aux lèvres, et il roule.

Léonard, bien entendu, est assis à la place du mort. Il s'accorde le temps de regarder le paysage défiler, puis il se tourne vers son avatar. Celui-ci doit avoir trente-cinq ou trente-six ans. Les cheveux sont moins longs qu'avant, la peau moins lisse. La jeunesse s'en va sans faire de boucan. Et la tenue est un peu plus stricte, standing oblige - même s'il a fourré la cravate dans la boîte à gants, comme à son habitude, juste avant de démarrer le moteur. Son petit plaisir personnel.

Les « années Meung ». Sept ans déjà qu'il passe sa vie sur les routes. Léonard s'interroge : pourquoi revoir ce jour-là plutôt qu'un autre ? Dans sa mémoire, les jours de cette époque se confondent tous en une vaste bouillie de liberté au goût rance, sans cesse espérée, jamais atteinte... Sept ans à rouler droit devant, sans rime ni raison.

Champ de colza, prairie, champ de colza, prairie. Il doit être quelque part en Normandie - il avait plusieurs clients réguliers dans la région. Pourquoi ce jour-là, il ne sait pas.

Dans le coffre de la Citroën, il entend tintinnabuler les bibelots enveloppés dans du papier journal. Ce bruit aussi est caractéristique de cette période. Le grondement sourd du moteur, le cri du vent soufflant par la vitre entrouverte et les bibelots qui s'entrechoquent. Il se souvient qu'au début, disons pendant les deux premières années, un autre son dansait par-dessus tous ceux-là : un air qu'il sifflotait, une chanson idiote qui courait sur ses lèvres...

Le Léonard qu'il voit conduire, sourcils froncés, ne chante pas. Il écrase son cigarillo dans le cendrier en grommelant.

La route enfile plusieurs ronds-points, qu'il prend les uns derrière les autres sans ralentir. Il a toujours conduit vite, une main crispée sur le levier de vitesse. Les coins de sa bouche tressautent en rythme avec ses gestes saccadés.

À se voir, là, comme ça, tout nerveux et grommelant, il ne comprend pas comment il a pu rester aussi aveugle à sa propre vie. Comment est-ce qu'il ne voyait pas à quel point il s'était écarté de son bonheur ? Et comment, coincé dans sa bagnole et son costume cintré, il ne faisait que s'en éloigner plus encore, de kilomètre en kilomètre ?

Au volant, Léonard bâille. Il bâille sans retenue, bouche grande ouverte ; et bizarrement, cette vision anodine ranime la mémoire du Léonard mort.

Il se souvient, oui. Le bonheur ne l'intéressait pas tellement, à cette époque. C'était à *l'aventure* qu'il aspirait. Il en avait une soif inextinguible.

Et les premiers temps, il avait bien cru la trouver. Les heures volées à la routine du monde, les heures buissonnières, seul à siffloter dans sa voiture sans personne pour lui demander quoi que ce soit. Aucun compte à rendre. Libre !

Et puis les nuits à l'hôtel, ses vêtements vagabonds recouvrant la moquette, un verre de rouge bu à grosses lampées sur son lit pendant que la pénombre, autour, s'épaississait. Un bout de poème gribouillé dans son carnet ouvert sur ses genoux.

Et puis aussi, la première « rencontre fortuite » dans un bar, avec une de ses clientes. Cette cliente à qui, un peu plus tôt, il avait vendu un très joli croquis original de Corot. Elle lui avait clairement fait comprendre que le dessin n'était pas ce qui l'intéressait le plus...

Le feu d'artifice dans son cœur lorsqu'elle lui avait chuchoté « Viens ». La sensation odieuse et succulente d'un autre prénom de femme prononcé dans l'étreinte. La moiteur et l'urgence. L'odeur excitante d'un sexe qu'il n'avait jamais respiré avant.

– Avance, bon Dieu de bon Dieu !

Léonard sursaute. Il sent la colère de l'autre, son éreintement. C'est un type qui dort mal, même s'il s'évertue à se convaincre du contraire. Soit parce qu'il baise jusque tard dans des hôtels avec des inconnues, soit parce qu'il peine à trouver le sommeil. Sans parler des cauchemars récurrents dans lesquels tous ses méfaits sont brutalement révélés à sa femme, exposés au monde entier... C'est également un type qui picole trop, et qui n'est pas près de l'admettre.

Comme Léonard sait que les choses ne vont pas tarder à empirer, il décide de ne pas s'y appesantir : il se doute bien que, sur son chemin de croix, il aura le temps d'y revenir.

Pour l'heure, c'est uniquement *ce moment-là*, perdu quelque part sur une route de campagne normande, qu'il doit revivre. Pourquoi ? Il l'ignore.

On est, estime-t-il, à six ans du Grand Drame Familial. Ce Léonard de trente-six ans qui peste derrière son volant n'a pas la moindre idée de ce qui lui tombera alors sur la gueule.

En ce jour, ce jour que Léonard revoit sans savoir pourquoi, Lize a encore dix ans à vivre.

Lize. Tandis que son avatar pousse à fond le moteur, Léonard fouille ses pensées afin d'y retrouver l'image vivante de sa femme. Il n'a jamais cessé de l'aimer, même - surtout ? - à l'époque de ses... frasques.

Il se rappelle l'impression d'apaisement qui le gagnait chaque fois qu'il rentrait pour le week-end. *Faut que j'arrête de déconner*, il se disait, chaque fois. Et il était sincère.

Il aimait sa vie, c'est ça le plus bête. Il aimait sa femme et ses deux enfants, le grand, la petite ; il n'avait aucun doute sur le fait que le secret de son bonheur crépitait dans le foyer qu'ils formaient à quatre.

Tristan était un magnifique petit gars, d'une énergie folle et parfois épuisante. Il revoit l'éclair noir de sa tignasse, lorsqu'il cavalait en brandissant ses Big Jim. « À l'attaque ! »

Trop souvent, Léonard finissait par lui gueuler de se tenir un peu sage, bon Dieu, et de la mettre en sourdine. Ensuite, il s'en voulait de ne pas avoir pris un quart d'heure pour jouer avec lui.

Quant à Émilie, sa perle douce, son trésor, sa libellule... Émilie grandissait en marge de ce vacarme. Par moments, elle venait se serrer contre lui, comme ça, sans rien dire, le désarmant. Elle tenait plus de sa mère que de lui. Si délicate, si discrète. Si gracieuse. Mais comme armée d'une force secrète, d'un tempérament caché de fourmi rouge.

Avec elle non plus, il ne savait pas bien s'y prendre. Pas parce qu'elle le fatiguait comme son frère, mais plutôt parce qu'il était intimidé par elle.

Léonard revoit la courbe nette du front de la petite fille, l'éclat cuivré des cheveux qui bouclaient autour de ses oreilles...

Quelque chose qu'il ne faudrait jamais abîmer, sous peine d'aller en enfer.

Il se rappelle avec un nouveau froissement au cœur la joie vibrante, lestée d'un fond de gêne, qu'il a éprouvée au jour de sa naissance, alors qu'il lui respirait le crâne en s'efforçant de chasser de son esprit l'odeur d'une autre femme avec laquelle il avait dormi la veille. La honte l'étouffe, à ce souvenir.

« Tu dois t'occuper plus d'Émilie et de Tristan. Ils ont besoin de leur papa. »

Phrase récurrente des retours de voyage. Il se revoit dans le salon de leur appartement (celui de la rue Custine, deux fois plus spacieux que l'ancien, encombré d'antiquités chinées au fil des ans). Lize est assise face à lui, dans sa chaise favorite, toujours bien droite. Il est avachi dans le canapé, une main sur la tempe, vague migraine. Il voudrait qu'on le laisse se reposer cinq minutes, bon Dieu de bon Dieu. Il a roulé toute la semaine, il est épuisé, est-ce qu'on peut le comprendre ?

En plus, il ne sait pas quoi répondre à Lize. Les enfants... De temps en temps, il glisse des poèmes sous leur oreiller. Il ignore s'ils les lisent. Ses pensées sont confuses. D'une façon générale, il ne sait pas pourquoi il fait ce qu'il fait. Pourquoi il ne tient pas en place, à l'image de son fils qui tourne entre eux en piaillant et augmente sa migraine.

Une part de lui voudrait que les choses reviennent dans le bon sens, comme avant monsieur Meung et la route, les tromperies mesquines, le sommeil vaseux des nuits d'hôtel. Cette part-là se sent profondément indigne de Lize.

Et cependant, l'autre part de lui sait déjà, tout en faisant mine d'écouter ce que Lize lui dit, qu'il recommencera dès le lundi suivant. C'est plus fort que lui.

Ce que Léonard a toujours ignoré, c'est la raison profonde de cette dérive sans cesse recommencée. Il la découvre dans le regard amer que son avatar pose sur Lize. Certes, il aimait toujours autant sa femme en ces temps troublés, mais la vérité est qu'il ne pouvait s'empêcher d'associer son visage noble et beau, ses gestes sûrs, sa voix même, à l'idée d'une vie trop sage et bien rangée. Il en voulait à Lize de ne pas rêver à autre chose que des après-midi calmes avec les enfants. Elle n'avait donc pas d'ambition ?

Il se répétait souvent ça. *Elle n'a donc pas d'ambition ?*

Mais cette phrase n'aura jamais été qu'un leurre de plus. S'il en voulait à Lize, ce n'était pas d'être incapable de rêver à des horizons aussi vastes que les siens ; il lui reprochait surtout d'être pourvue d'une force qui lui faisait défaut. La force qui lui aurait permis de savourer son bonheur au lieu d'aller se gaver au calice trompeur de l'aventure.

Car bien sûr, l'aventure avait rapidement rétréci comme un costume mis à la machine. Trop vite, trop tôt était venu le temps des rendez-vous de convenance, des mensonges foireux et des arrangements sordides, des prénoms qui se mélangeaient, des ruptures pénibles et des recommencements sans éclat, des serments imbéciles qu'il n'honorait pas, des scènes de ménage qu'il se surprenait à endurer de la part de femmes qu'il n'avait fréquentées que deux ou trois fois.

Et toujours la brûlure de la honte qui revenait par surprise, et toujours plus contrariant le sentiment d'avoir mis le doigt dans l'engrenage, en s'imposant d'innombrables tracas pour bien peu de compensation... L'ennui à la mesure du désir.

– Putain !

Le cri que pousse l'autre le ramène à bord de la Citroën. Il est tout d'abord aveuglé par la vision d'un champ de colza qui semble en feu, sous le soleil printanier, avant de voir la sortie de route.

Alors seulement, il se rappelle ce jour, et il comprend pourquoi il a dû le revivre.

C'est le jour où il a failli mourir. Le jour où tout aurait pu s'arrêter avant que la dégringolade ne s'accélère, de sorte que tout le reste aurait pu lui être épargné.

Raccrochant au virage, la voiture tourne sur elle-même dans un hurlement de gomme fumante, il se voit braquer de toutes ses forces dans un sens puis dans l'autre, deuxième dérapage et la Citroën fonce droit sur la voie parallèle... et pile net devant un camion qui a miraculeusement freiné à temps.

*

* *

Le Léonard mort sent les contours du paysage vaciller, et il comprend qu'il va être attiré ailleurs.

Mais alors qu'il se sent disparaître, il se surprend à tirer une leçon de ce qu'il vient de voir. Une leçon cuisante.

À cette époque, s'il gaspillait de si précieuses années à chercher un « frisson nouveau » sur les routes, c'est sans doute parce qu'au fond de lui, il était convaincu qu'aucune grande aventure ne l'attendait plus...

Eh bien, il avait tort sur tous les plans. Non seulement de penser qu'il pourrait trouver ce frisson en s'éloignant du chemin sûr de Lize, mais plus encore de croire que le chemin qu'elle arpentait, elle, était paisible et sans relief.

Un gouffre allait s'ouvrir sous les pieds de la femme qu'il aimait, et qu'il aimait si mal. Sans prévenir, il se creuserait brusquement dans le sol pour les engloutir, elle d'abord et lui ensuite, en quelques années qui fileraient comme des flèches empoisonnées.

Or, c'est bien là que réside l'ironie de son sort tel qu'il lui apparaît désormais. Certes, ce gouffre contenait la mort, le chagrin, la désolation ; mais il abritait aussi, brasier grondant sous les ténèbres, la grande aventure dont il aurait enfin pu être le héros - si terrible, violente, harassante, sombre fût-elle. L'aventure qui lui aurait permis de devenir celui qu'il devait être. L'épreuve qui, pour finir, l'aurait lavé de tous ses forfaits, et qui l'aurait sauvé de lui-même.

Ainsi, sa dernière heure venue, il aurait pu goûter le luxe de mourir sans remords, entouré des siens. Il a en somme raté sa vie comme on rate une sortie en voiture. Bêtement.

Flash !
Lui et elle

Il nage dans le cauchemar d'un autre.

Ou plutôt, d'une autre : c'est une femme. Une femme qui lui est à la fois familière et inconnue, comme dans ces rêves qu'il faisait à vingt ans.

Et cette femme erre. Elle s'est perdue et elle tourne en rond à plusieurs mètres sous terre, dans les caves d'un immeuble de banlieue - un labyrinthe de couloirs gris et humides, puant la vieille poussière et reliés entre eux par des portes coupe-feu de couleur sang séché qu'elle ouvre et referme sans fin.

Et lui, il est *en dessous d'elle.*

Planté sous terre comme un oignon ! Coulé dans le béton !

En silence, il écoute ses pas résonner sur le sol. *Tap-tap-tap-tap-tap.*

S'il se concentre, il peut - étrangement - voir sa silhouette blanche cavaler de couloir en couloir, tel un fantôme en fuite ; il peut même entendre son souffle affolé tandis qu'elle ouvre une porte, puis une autre, et encore une autre.

Mais dès qu'il relâche sa concentration, il retourne dans sa cage de pierre. Il y crève de froid. Il se sent geler, se vitrifier, bleuir dans ses os.

Un insecte dans la glace. Lui qui se rêvait oiseau... C'était quoi, ce film où le pauvre gars finit transformé en mouche ? Il a l'image furtive d'une minuscule tête plantée sur un minuscule corps empêtré dans une toile d'araignée géante...
Et puis ça s'évapore.
Mais qu'est-ce qu'il fout là, bon Dieu ? Pourquoi est-ce que ça lui arrive à *lui* ? Ça ne suffit pas de se taper ce fichu chemin de croix, il faut encore jouer les pantins dans le cerveau d'une gonzesse ? Où est-ce qu'il est ?

Où ?

Où, où, où, où,
où, où,
où, où, où, où,
où, où, où,
où, où,
où, où, où, où,
où ?!

Où ?

OK, ressaisis-toi. Concentrons-nous, rassemblons-nous (le vers d'un poème oublié surgit comme un rêve dans le cauchemar, *Dispersez-vous, ralliez-vous*, puis il s'efface).
Fermer les yeux...

Et les rouvrir.
Il est au plus près ; juste en dessous d'elle, comme si elle le portait en bandoulière. Il perçoit son souffle haletant, il voit même son haleine dessiner de la fumée dans l'air glacial, et devine ses longs cheveux clairs flottant (*comme un grand lys*) au-dessus de

lui. Pour le reste, elle est seulement une forme blanche, spectrale, entourée d'un halo de lumière.

De couloir en couloir, elle court. Elle bute contre les murs et s'effondre sur les portes couleur sang séché. Elle voudrait tellement sortir ! Mais chaque porte débouche sur un nouveau couloir, tout aussi noir et froid que le précédent, puis sur une autre porte. Chaque fois, elle espère une lumière, et chaque fois elle échoue devant le rouge sanglant d'une nouvelle porte. Personne ne la poursuit, mais elle court plus vite que si on la pourchassait, car elle est animée d'un terrible, impérieux sentiment d'urgence.

Il se concentre - et il parvient à l'entendre. Dans sa tête. Elle pousse des cris si stridents qu'ils lui font une voix de sorcière, une voix inhumaine. Ses propres cris la déchirent de l'intérieur. Il ne comprend aucun mot, mais l'intention est claire : elle cherche l'issue, il faut qu'elle trouve.

Elle doit rentrer *parmi les siens* !

Ces mots-là, il les a entendus fracasser le silence inquiétant de la cave. Ils sont venus résonner comme une cymbale à l'intérieur de son crâne.

C'est une jolie voix qu'elle a, d'ailleurs. Forte, piquante, pas du tout geignarde. Il a toujours été sensible aux voix. Il faut dire que la voix, c'est déjà du bruit qu'on transforme en musique, et ça...

Chut. Oublie la musique. Inspire, expire. Ignore le froid qui te dévore, et cherche un sens à tout ça. Rentrer *parmi les siens.* Rentrer *parmi les siens.*

Il devine soudain qu'en se hissant un peu plus haut, au-dessus des longs cheveux qui se balancent, il pourra trouver une réponse - ou une issue. Il s'agit seulement de s'élever un peu. Juste un peu. Allez...

Il inspire, et il s'élance.

Flash !

Il est dans une pièce blanche, vide de tout meuble.
Puis les contours d'un lit se dessinent au milieu de tout ce blanc. Et dans le lit, assise avec le drap tiré jusqu'aux épaules, il y a la femme. Inconnue et familière, oui, comme dans ses vieux rêves. Elle porte un masque de cire.
L'image le crispe aussitôt sans qu'il sache pourquoi. Comme quand, en pensant à quelque chose d'anodin, on réveille un mauvais souvenir, qui gratte en nous.
Il se force à avancer. Il se dit que s'il peut arracher son masque de cire à la femme, tout ira mieux. Il marche résolument vers ce masque, dont la blancheur accentue en lui la sensation de froid insoutenable - il frissonne et grelotte, et il sent ce froid, de centimètre en centimètre parcouru, l'assaillir, ronger ses cellules, le réduire à rien...
Impossible de continuer. Strictement impossible.

Soudain, il comprend pourquoi. Cette pièce blanche est une chambre d'hôpital. Cette femme est malade.
Alors non. Non, non, non ! Il n'est pas question qu'il fasse un pas de plus.
Il n'est pas question qu'il endure ça.
Pas.
Question !
En une seconde, la colère éclate en lui, le remplit, fuse dans son corps et le réchauffe, pour rejaillir à travers sa gorge en un cri de rage :
– Pas question !
Et il disparaît dans le bruit qu'il a produit.

6

Jour de lumière

23 décembre 1970.

En voyant se former les traits de monsieur Burlac, assis au fond de sa boutique telle une sentinelle bossue, dans la lumière feutrée du matin - un monsieur Burlac d'une cinquantaine d'années, petites lunettes rondes et chevelure noire hirsute, attifé de cet ignoble gilet moutarde qu'il ne quittait jamais -, Léonard sait immédiatement quelle journée il s'apprête à revivre.

Et pourquoi.

Il ne peut empêcher son cœur de se réchauffer d'une langueur plaisante, à la perspective de ce qui l'attend.

– Il faut que tu sois prêt, mon garçon. La veille de Noël, c'est un jour crucial pour nous. Rends-toi bien compte : on fait l'équivalent d'un tiers de notre chiffre annuel !

Le Léonard auquel s'adresse monsieur Burlac, et qui se balance sur ses talons devant lui, mains dans les poches de son patte-d'eph, a vingt et un ans. À première vue, il ne semble pas très différent de celui qui passait ses journées à écrire sous son Velux en écoutant chanter Ferré, et ses soirées à boire avec les copains. Par bien des aspects, il est toujours le même. Sa tignasse est toujours aussi arrogante, son visage toujours aussi gracieux. Il fait peut-être moins gringalet, ses épaules se sont un peu élargies - à moins que cette impression ne soit due à sa façon de se tenir, plus ancrée dans le sol. Mais en dehors de ça et de la petite moustache qu'il s'est laissé pousser, la principale différence avec celui qu'il était deux ans plus tôt, c'est que certains de ses espoirs ont commencé à se frotter à la réalité.

Il n'en a encore tiré ni désillusion ni prise de conscience ; simplement, et sans qu'il s'en rende bien compte, il commence à donner un nom à ses rêves, et donc à poser des contours à ses ambitions.

Le mois dernier, il a publié son premier poème dans *Le Sceptre blanc*, chose qu'il n'aurait pas osé croire possible lorsqu'il allait encore à la fac, et que leur prof de lettres citait cette revue parmi celles qu'il fallait suivre si l'on voulait « se tenir à la page » des dernières tendances littéraires.

Ça s'est fait assez simplement. Il a rencontré le rédac chef dans une soirée - un type d'une bonne trentaine d'années, qui s'est avéré moins brillant qu'il ne l'aurait cru mais qui partageait sa passion pour Baudelaire et les poètes décadents. Après quelques verres parfumés de spleen, Léonard lui a montré un de ses poèmes. Un qu'il considérait comme une « tentative honorable ». Il l'avait intitulé *L'Amante aux ténèbres.*

Le gars avait été emballé. Même s'il n'était pas allé non plus jusqu'à crier au génie. Mais bon, il avait quand même publié le fichu poème, non ?

Et désormais, songe le Léonard mort en se regardant avec amertume, *ton premier grand rêve a un nom : « Page 7, troisième colonne en bas de page, forfait de 185 francs net. »*

Alors voilà, le premier grand rêve de Léonard vaut à peine deux cents balles et, bien qu'il soit suffisamment distrait pour ne pas s'appesantir là-dessus, une part de lui le sait. La part de lui qui fera tout foirer une vingtaine d'années plus tard, au moment du Grand Drame Familial ; la part de lui qui, déjà, et sans faire de bruit, commence à se convaincre que l'espoir est une impasse et le combat un mirage.

Monsieur Burlac claque des doigts ; un geste qui, chez d'autres, pourrait passer pour bêtement autoritaire, mais qui chez lui conserve suffisamment de malice pour rassurer Léonard.

– Tu rêves, mon gars !

– Oui, pardon, répond Léonard en clignant des yeux.

Derrière son bureau, monsieur Burlac soupire. Sans cesser de sourire, cependant.

– Fait la fête hier soir, hein ?

Léonard, avec une grimace comique, se frictionne le crâne.

– Un peu. Mais ne vous inquiétez pas, je suis bien réveillé. Je vais faire un joli chiffre, vous verrez.

– On en a besoin. Enfin, je ne suis pas inquiet.

C'est vraiment drôle, cette façon qu'a monsieur Burlac de l'associer à son business. « On en a besoin », « notre chiffre ». Tout ça est assez abstrait pour Léonard. Il n'a pas l'intention de faire carrière dans le commerce d'art ancien. Même s'il est en train de découvrir que sa plume ne rapportera pas autant qu'il l'avait cru, et qu'en attendant, « il faut bien vivre ».

Parce que c'est ça, vivre. Payer le loyer, maintenant que le père ne l'aidera plus jamais. Acheter à manger, et puis de quoi boire un coup avec les copains. Draguer dans les bars, rentrer parfois seul, parfois accompagné. Se réveiller le matin et s'endormir le soir, dans un état plus ou moins alcoolisé.

C'est ça, vivre ? Juste ça ?

– Sers-toi un café avant de lever le rideau. Il est presque huit heures, tu verras que nous aurons des clients dès l'ouverture.

Sur le visage chiffonné de son avatar, Léonard lit un regain de motivation. La faute à ce « nous » qui l'implique encore, à la foi indéfectible de monsieur Burlac en lui. Il s'est très vite attaché à ce vieux bonhomme bizarre - il n'était pas si âgé que ça, mais à ses yeux si, et puis sa dégaine n'arrangeait rien. On l'aurait cru sorti d'un roman de Dickens ou d'un film de Capra, dans le rôle du boutiquier bougon cachant derrière des allures un peu ridicules des trésors de sagesse...

« Vous vous formerez sur le tas. »

C'est ce qu'il lui avait dit le premier jour, quand Léonard était entré dans sa boutique après avoir remarqué l'affichette *Cherche vendeur*, sur la porte vitrée. Il flânait dans la rue, sifflotant, mains dans les poches ; mais à vrai dire, il n'était pas si serein que ça, et ce sifflotement lui servait surtout à couvrir le vacarme des pensées qui roulaient dans son crâne, tandis qu'il se voyait successivement expulsé de sa chambre de bonne, jeté à la rue et emprisonné pour factures impayées (son imagination galopante avait tendance à le mener très vite sur la paille humide des cachots).

Léonard avait lu l'affichette, puis il avait regardé la vitrine de la boutique. Toujours en sifflotant. Des meubles anciens. Des objets d'art plus ou moins exotiques. Quelques tableaux. Le verre moucheté d'un miroir cerclé d'une arche métallique compliquée, avec des chaînettes qui pendaient d'un bout à l'autre du cadre. Un très beau luth logé dans son étui matelassé de velours...

Avant ce jour, il ne s'était jamais intéressé aux vieilleries, et pourtant ce capharnaüm lui avait paru tout à la fois pittoresque et familier.

Il s'était arrêté de siffloter, puis, à tout hasard, il était entré.

– Qu'est-ce que c'est ?

Il avait sursauté en entendant la voix rauque tonner depuis le fond de la boutique, que la lumière du jour peinait à atteindre. Sans doute aurait-il déguerpi si, à ce moment, monsieur Burlac n'était sorti de l'obscurité, clopinant vers lui, les mains jointes dans le dos.

En découvrant sa trombine de hamster, Léonard avait éprouvé exactement la même sensation que devant le bazar de la vitrine. Monsieur Burlac lui avait paru pittoresque et familier.

Alors, lui qui ne se serait jamais imaginé postuler pour un job « normal », s'était avancé en disant :

– Je viens pour l'annonce.

Monsieur Burlac avait répondu qu'il s'en serait douté (Léonard n'avait pas compris pourquoi), puis il s'était placé bien en face de lui, juste sous son nez, pour l'examiner. Il avait même réajusté ses lunettes rondes, comme si toutes les réponses à ses questions se trouvaient inscrites sur les traits du jeune homme.

Ça avait duré une bonne minute comme ça.

– Euh... Vous ne me demandez pas pourquoi je postule ?

– Pourquoi postulez-vous ? avait répondu monsieur Burlac sans quitter sa position initiale.

Pris à son propre piège, Léonard avait improvisé :

– Je peux... Je crois que je peux faire un bon vendeur.

Monsieur Burlac, en entendant ça, avait étouffé un petit hennissement.

– Vous pouvez faire le vendeur, je n'en doute pas une seconde. Mais ce n'est pas ce qui m'intéresse.

« Faire le vendeur. » Là encore, c'était une formulation curieuse, mais Léonard avait plutôt apprécié. Aux copains qui l'accusaient de prendre des postures de poète maudit, il répondait souvent par la célèbre maxime shakespearienne, histoire de leur clouer le bec : « *The world is a stage.* » En général, ça marchait. Et surtout, ça collait bien avec ces idées troubles qu'il sentait mijoter dernièrement dans sa tête, cette impression d'évoluer au sein d'un grand décor de carton-pâte où tout le monde, y compris lui, faisait mine d'être très affairé pour ne pas s'avouer que rien n'avait de vraie raison d'être...

Ce bonhomme-là, avec son gilet ridicule, commençait à l'intriguer.

– Bon, mais qu'est-ce qui vous intéresse, alors ? avait répondu Léonard.

Monsieur Burlac s'était redressé comme un ressort, les mains toujours jointes dans le dos. Il lui avait refait le coup du regard silencieux, puis il avait haussé les épaules.

– Voyons voir. Selon vous, quel est le plus bel objet de la boutique ?

La question avait pris Léonard au dépourvu.

– Euh, c'est... Je n'y connais rien, vous savez... Enfin, je peux apprendre vite, mais... je veux dire...

– Oui, oui, je sais. Ça n'a aucune importance. Vous vous formerez sur le tas. Là, comme ça, dis-moi simplement : quel est l'objet que tu préfères ?

Léonard était si occupé à faire courir son regard dans le magasin qu'il n'avait pas remarqué le passage au tutoiement. Il avait finalement levé un doigt légèrement tremblant pour désigner quelque chose dans le dos du boutiquier.

– J'aime bien la commode, là.

– Ah, le buffet ? avait répondu monsieur Burlac sans se retourner.

Un sourire s'était épanoui sur sa bouille ronde.

– Oui, je crois. Avec les... les dorures, là.

– Oui, oui, oui, ne t'en fais pas pour le lexique. Je t'apprendrai ça. Aucune importance. Tu as du goût, c'est une très belle pièce. Je l'ai fait importer de Jaipur.

Il avait encore hoché la tête, sans rien dire. Léonard s'était surpris à tanguer d'un pied sur l'autre dans l'attente du verdict.
Monsieur Burlac avait tapé dans ses mains.
– Bien !
Léonard avait sursauté.
– Je te prends à l'essai ! À mi-temps pour commencer. Nous sommes aujourd'hui jeudi, je te propose de débuter lundi. Ça te va ?
Léonard avait répondu oui, bien sûr, avec joie. Sans même penser à demander le montant du salaire.
Il avait très vite pris ses marques. Quand monsieur Burlac lui avait proposé, neuf mois plus tard, de passer à plein temps, il avait accepté - de toute façon, ça faisait un moment qu'il ne mettait quasiment plus les pieds à la fac. Monsieur Burlac lui avait enseigné ses secrets, ses techniques de vente, ses astuces. Il lui avait appris à estimer la valeur des objets et, incidemment, lui avait transmis son goût pour le cinéma fantastique et les films noirs de l'âge d'or hollywoodien.

Son café bu, le jeune Léonard s'agenouille pour déverrouiller le rideau de fer. Léonard se regarde accomplir ce rituel si souvent répété avec une tendresse qui le prend par surprise. Certes, ce garçon commence à entrevoir le plafond de ses rêves, mais il lui reste de belles choses à découvrir...
Comme cette jeune femme - elle a dix-huit ans - qui surgit derrière le rideau de fer.
Elle se tient face à la vitrine, bien droite, son sac à main serré contre sa poitrine. Elle porte un chemisier jaune qui met en valeur son joli cou, très long, et une jupe beige qui tombe au-dessus de ses genoux. Ses cheveux flamboient dans la lumière du soleil reflétée sur la vitrine, et elle regarde Léonard

avec un sourire très doux. Le jeune homme lit sur son visage un air de fragilité qui l'émeut immédiatement.

– Ah, qu'est-ce que je t'avais dit ? lui lance monsieur Burlac depuis son bureau, penché sur un de ses chers catalogues. Notre première cliente !

Léonard ne répond pas. Il est tout entier captif de sa vision, happé par le visage pâle et serein de cette fille qui l'impressionne plus qu'aucune autre avant elle. C'est étrange, d'ailleurs : elle semble tellement sans défense ! Elle n'a certainement pas la morgue rieuse de Nicole ou la puissante sensualité d'Annie. Elle s'effacerait sûrement face à cette grande blonde qu'il a croisée samedi dernier, comment s'appelait-elle... ?

De toute façon, ça n'a pas d'importance : toutes ces filles-là n'étaient que de possibles conquêtes. Elle, la jeune fille pâle de la vitrine (*blanche et gracile comme une amante aux ténèbres*), n'offre aucune prise au regard, ne livre aucune invite. Elle est ailleurs. Il pourrait passer sa vie à la contempler dans la lumière reflétée d'une vitrine.

En vérité, c'est exactement ce qu'il est en train de faire.

– Eh bien, va lui ouvrir ! s'exclame monsieur Burlac avec, dans la gorge, un rire qui comprend les choses. Elle ne va pas te manger...

Léonard bondit sur ses pieds, pris en faute, et s'empresse d'ouvrir à la cliente.

Durant leur échange, il apprendra qu'elle cherche un cadeau pour son frère Éric, qu'elle vit dans le quartier depuis peu et qu'elle s'appelle Lize. Ils ne se quitteront pas des yeux au cours des vingt-sept minutes qu'elle passera dans le magasin, à écouter les conseils abondants et parfois confus de ce jeune vendeur passionné.

Elle se décidera pour un superbe échiquier en porcelaine qu'il lui cédera avec une remise ahurissante de vingt-cinq pour cent. Au moment de payer, elle éclatera de rire à l'une de ses plaisanteries, d'un rire si pur, si sonore qu'il manquera lâcher l'échiquier. C'est à cet instant qu'il tombera amoureux d'elle.

Elle sort finalement du magasin, son cadeau sous le bras, non sans promettre de revenir bientôt, et Léonard reste immobile pendant un long moment. Il est hébété, à bout de forces. Il ne comprend pas ce qui vient de lui arriver, même quand monsieur Burlac lui chuchote en souriant :

– Dis donc, je veux bien fermer les yeux sur la remise exceptionnelle, mais seulement si tu l'invites au restaurant la prochaine fois, hein ? À ce rythme-là, jeune mousquetaire, tu vas nous faire fermer boutique !

Léonard ne répond pas, parce qu'il est trop empli et agité d'émotions contradictoires pour s'arracher au désordre qui le malmène si délicieusement.

Il goûte chaque seconde de ce tumulte qui chante à l'intérieur de lui, tout un orchestre qu'il abrite.

Le Léonard mort, lui, se repaît des échos évanescents de cette musique. Ce jour-là, à une époque où il commençait lentement à voir ses espoirs se restreindre, il a vécu une expérience extraordinaire. Il s'est découvert une nouvelle ambition, qui n'avait pas plus de limites que son imagination : se rendre digne de cette jeune fille nommée Lize, afin de gagner son amour.

Le plus fou était qu'il n'avait aucun doute sur le fait qu'il y parviendrait. C'était tout simplement inévitable, pour des raisons supérieures à lui et à tout le reste.

Ce jour-là, il a accompli l'impossible. Alors, comment est-ce qu'il a pu tout faire foirer après avoir été capable d'un tel exploit ?

[Zoé en rouge]

– Tu es prête ?

Zoé serre très fort la main de son père. Elle aimerait bien répondre un truc malin ou rigolo (« Toujours prête ! »), mais rien ne sort.

Elle a une boule piquante dans la gorge qui l'obstrue et la démange, et surtout elle n'arrive pas du tout à libérer son esprit du titre qui s'y affiche comme un blason maléfique :

Les Yeux sans visage

En transparence derrière le rouge brunâtre du titre, elle voit sa mère, assise sur un lit au milieu d'une pièce blanche et vide de tout meuble. Le silence est total, ici, à l'exception du crissement des baskets de Zoé sur le carrelage et des pas lourds de son père, qui marche à côté d'elle, à contretemps.

Sa mère a le drap tiré jusqu'aux épaules et un masque de cire sur le visage.

– Viens me rejoindre, lui dit soudain Maman en tendant la main vers elle, et Zoé a le temps de penser qu'elle devrait se réjouir de l'entendre, *enfin*, prononcer quelques mots, mais à cet instant la main de sa mère se referme sur son poignet comme une serre de rapace, tandis que, de l'autre, elle arrache le masque de cire – révélant un morceau d'horreur pure.

La chair de son visage part en lambeaux, le front est criblé de petits points qui sont autant de morsures (Zoé songe à des rats qui lui auraient rongé la peau). Le nez a disparu sous une longue croûte boursouflée qui court de ses sourcils jusqu'à sa joue, et sa lèvre, oh, sa lèvre inférieure pend sur son menton ! On dirait qu'elle sourit, mais c'est seulement que les dents, ébréchées et noircies, sont exhibées par cette bouche déchirée, lui faisant un rictus malveillant.

Le plus atroce, ce sont les yeux. Sous le masque, les yeux étaient la seule trace de vie que Zoé distinguait de sa mère, l'unique lueur d'espoir ; mais maintenant, ils apparaissent pour ce qu'ils sont vraiment, des orbites vides, suintantes, comme si les globes oculaires avaient fondu à l'intérieur des paupières.

C'est le visage d'une morte, qui ne devrait pas pouvoir prononcer le moindre mot ni respirer et qui, pourtant, la regarde en haletant. De ce halètement se dégage une odeur d'ordures, de chair faisandée qui atteint les narines de Zoé, l'oppresse et lui donne la nausée. Elle ferme les yeux autant qu'elle peut pour repousser l'image du visage de sa mère, mais l'odeur la fait aussitôt réapparaître dans son crâne.

– Eh bien, embrasse-la ! grogne Papa derrière elle. Tu l'as voulue, tu l'as !

Il est en colère, elle le devine, beaucoup plus en colère que la fois avec le chocolat chaud et les photos. Elle comprend qu'il lui en veut d'avoir insisté pour qu'il l'emmène à l'hôpital, et qu'il est même un peu content qu'elle se retrouve comme ça, le poignet piégé par cette main griffue qui l'enserre à lui couper le sang. Forcée d'admettre que sa mère ressemble à un cadavre et qu'il n'y avait rien, absolument rien à gagner à voir ça.

L'odeur devient intolérable. Zoé a beau retenir sa respiration, elle la sent qui s'insinue à travers ses narines, dans sa bouche et même entre ses paupières closes, pour entrer en elle et la brûler. La nausée s'amplifie, elle veut s'enfuir, dégager son poignet, courir pour retrouver l'air frais du dehors, mais elle est pétrifiée à l'idée de traverser cette pièce blanche dans ce silence crissant, ses pas claquant *tap-tap-tap* sur le sol avec, dans son dos, les yeux de ses parents. Son père tel un ogre furieux, sa mère telle une sorcière pâle...

Les yeux toujours fermés, elle sent une main appuyer sur son épaule. Papa ne lui laissera pas de répit.

– Tu l'as voulue, tu l'as.

Pourquoi est-ce qu'il la torture ainsi ? Il devrait comprendre qu'elle a peur, que ce n'est pas un spectacle pour une enfant. Pour se donner du courage, elle cherche la phrase de *Peter Pan*, celle qui se termine dans la lumière (*« Dernière étoile à droite, et... »*) mais elle ne la trouve pas.

Tout est obscurci, et son père est méchant.

C'est comme ce jour où elle l'a poussé à bout en réclamant une troisième île flottante. Elle avait demandé poliment, il avait dit non, alors elle avait répété en boucle : « Je la veux, je la veux, je la veux. » Jusqu'à ce qu'il craque.

D'un coup, il avait cogné sur la table.

– Tu la veux ? Tu vas l'avoir !

Fou de rage, il avait versé trois énormes louches dans son assiette et ensuite, il l'avait forcée à tout finir, même quand elle s'était mise à pleurer, même quand Maman était intervenue pour dire que ça suffisait.

Il n'était revenu à lui qu'au moment où elle avait vomi dans son assiette. Là, tout de suite, il s'était confondu en excuses.

Le lendemain, Zoé avait appris par sa mère qu'il n'avait pas dormi de la nuit.

– Embrasse-la, bordel !

À cet instant, elle commet l'erreur de rouvrir les yeux. Tout la frappe en plein cœur : ce visage décharné et pourrissant qui la fixe avec un rictus moqueur, la griffe de sa mère sur son poignet et la pression de son père sur son épaule, la blancheur aveuglante, ce silence crissant et l'odeur - l'odeur plus forte que jamais -, qui s'engouffre en elle, par tous les orifices, la remplit, se diffuse partout dans son corps et la brûle, pour rejaillir à travers sa gorge en un long flot de bile.

– Ma chérie ? Ma chérie, réveille-toi.

La main de son père appuie sur son épaule, mais beaucoup plus doucement que dans son rêve. Et il n'est pas du tout en colère ; il la regarde de cet air inquiet, très tendre, qu'elle aime beaucoup. Ils sont assis dans la voiture, lui au volant et elle à la place du mort. Elle a du vomi sur le menton et sur son tee-shirt. L'image de la lèvre pendante lui revient, ranimée par l'odeur âcre qui remonte dans ses narines, puis s'estompe.

– J'ai fait un cauchemar, dit-elle, ahurie.

Elle sent sur son menton un petit tapotement ; il la nettoie avec un Kleenex.

– Oui, c'est pour ça que je t'ai réveillée. Je n'aurais jamais dû t'emmener là-bas.

Elle s'apprête à protester que ce n'est pas sa faute, que c'est elle qui a insisté pour qu'il l'emmène, mais elle sait que ce serait idiot de dire ça. Elle n'est qu'une petite fille, une petite fille au tee-shirt puant de vomi qui s'est crue plus futée que tout le monde ; et l'erreur, c'est bien lui qui l'a commise en l'emmenant, puisque ce sont les adultes qui commettent des erreurs quand ils prennent de mauvaises décisions, pas les enfants.

Elle n'a rien décidé du tout ; elle a seulement fait un caprice et elle s'en mord les doigts, comme le jour de l'île flottante.

Des gouttes de pluie clapotent sur le pare-brise. Son père s'est garé sur la bande d'arrêt d'urgence, il a mis les warnings. Des voitures les dépassent de temps en temps dans un hurlement de moteur.

– On va rentrer, maintenant. Tu prendras un bain, et on mangera un truc que tu aimes. Une pizza, tiens. On va essayer d'oublier ça pour l'instant.

Elle n'ose pas répondre que la seule idée de manger quoi que ce soit - une pizza, tout particulièrement - lui redonne envie de vomir. Elle s'efforce de sourire à son père pour le remercier de s'occuper d'elle.

Il enclenche la première vitesse avec ce petit grognement familier qu'il a quand il est concentré, et elle détourne le regard pour ne pas ajouter à sa peine. Elle laisse ses yeux flotter dans le paysage bétonné, suivre une goutte de pluie qui zèbre la vitre en une course rapide, presque vivante : elle bifurque d'un côté puis de l'autre, dévale la paroi de verre avant de se faire engloutir dans la glissière. Ensuite, Zoé choisit une autre goutte de pluie, et puis une autre.

Ils arrivent à leur immeuble, où personne ne les attend. La seule personne qu'ils croisent dans l'escalier, c'est ce gros voisin chauve du quatrième qui terrifie Zoé, d'habitude.

Mais cette fois, elle le remarque à peine.

La chambre de Maman, en vérité, n'était ni blanche ni vide de tout meuble. Les murs étaient d'un vert pâlichon, il y avait une table de chevet à côté de son lit, un pot de fleurs posé dessus et une fenêtre à deux vantaux qu'on ne pouvait pas ouvrir de l'intérieur.

En entrant, Zoé avait remarqué une armoire métallique dans le fond de la pièce, et elle s'était dit que les affaires de sa mère avaient dû y être pliées et rangées par quelqu'un d'autre qu'elle. Ça lui avait fait un premier pincement au cœur, mais elle s'était tout de même avancée, avec courage, parce qu'elle voulait être courageuse.

Au-dessus de l'armoire, elle avait remarqué une horloge carrée.

Durant les premiers mètres qu'elle avait parcourus sur le revêtement plastifié (ce n'était pas du carrelage), elle avait soigneusement évité de regarder sa mère. Un peu par peur, mais en fait, c'était surtout pour retarder la belle, la magnifique surprise qu'elle allait offrir à ses parents, quand elle délivrerait Maman du sortilège qui la tenait prisonnière !

Car au fond d'elle-même, elle était sûre qu'elle allait la libérer d'un seul regard. Oui, Zoé en était convaincue. Elle sauverait sa mère en allant la chercher jusque dans la tour maudite, tel un preux chevalier des temps anciens.

Mais aucun déclic ne s'était produit quand elle avait affronté le regard de sa mère. Parce qu'il n'y avait rien à affronter ni à conquérir, personne à sauver dans ce regard. C'était un regard mort dans un visage dépourvu d'émotion.

Zoé avait même eu un haut-le-cœur en songeant que Maman paraissait encore plus mal – encore plus *loin* – que pendant ces jours terribles à la maison. Comme si la distance n'avait fait qu'aggraver les choses.

Seulement, puisque Zoé était un courageux chevalier (*une stupide gamine*), elle n'avait pas renoncé pour autant. Après s'être tournée vers son père, qui lui avait adressé un triste signe de tête, elle avait marché jusqu'au lit. Elle avait pris une grande inspiration et, d'une voix aussi claire que possible, elle avait dit :

– Maman, qu'est-ce que tu as vu ?

Avec ce coup d'épée, elle pensait plonger sa lame dans les racines de la pensée malheureuse. Oui, elle allait extirper des profondeurs de la terre le noir secret qui avait fait germer le lundi 1er octobre maudit et, en l'exhibant en pleine lumière, elle allait le détruire !

Évidemment, l'idée n'était pas très neuve : son père avait déjà posé la question un nombre incalculable de fois, au retour de Maman. « Qu'est-ce qui s'est passé, ma chérie ? Raconte-moi ! Dis-moi... » Il avait même tenté de découvrir où elle s'était rendue, ce week-end-là, en contactant les quelques membres de sa famille avec qui il était en contact. Mais personne ne savait rien. Elle avait agi dans le plus grand secret.

Alors il répétait la même phrase, inlassablement : « Qu'est-ce qui s'est passé là-bas ? »

Ce que Zoé s'était dit (*dans sa petite tête de gamine stupide*), c'est qu'il n'avait pas posé la bonne question. La question n'était pas de savoir ce qui s'était passé, mais ce que sa mère avait *vu*.

Elle avait donc posé la question en ces termes, puis elle avait attendu.

Seul lui avait répondu le silence, troublé par le roulement d'un chariot dans le couloir, les éclats de voix d'autres patients : l'habituel remue-ménage d'un hôpital.

Zoé s'était de nouveau tournée vers son père, qui avait de nouveau répondu par un signe de tête triste. Elle aurait dû voir qu'il commençait à s'en vouloir de l'avoir emmenée. Elle courait à l'échec et lui, contrairement à elle, il le savait.

Bien que le premier coup n'ait pas porté, Zoé avait renouvelé l'assaut. Pour se donner toutes les chances de réussir, elle avait posé sa main sur celle de sa mère.

Aussitôt, elle avait compris qu'elle n'aurait pas dû : l'absence complète de réaction maternelle l'avait profondément affligée. Mais, là encore, elle avait tenu bon, et elle avait posé sa deuxième question - d'une voix un peu moins forte.

– Qu'est-ce qu'il y a dans le coffre, Maman ? Le coffre en bois, tu sais, avec des points argentés dessus ?

Elle avait senti son père tressaillir, derrière elle. Comme, à ce moment-là, elle était encore aveuglée par son orgueil de gamine stupide, elle avait cru que c'était parce qu'elle venait de mettre le doigt sur quelque chose de crucial : le fameux secret, qu'elle allait faire voler en éclats rien qu'en l'évoquant, pour libérer sa mère !

En fait, s'il avait tressailli, c'était uniquement de chagrin : il était dévasté de la voir tenter l'impossible, et il voulait l'emmener hors de la chambre.

Mais Zoé, dans cette dernière ligne droite, restait aveugle à l'évidence. Elle constatait bien que ses questions n'avaient aucun effet, pas plus que le son de sa voix ; elle constatait bien, sous sa main, l'immobilité parfaite de sa mère, qui contrastait tant avec son énergie d'avant, son énergie de louve... Et cependant, elle s'accrochait à la petite flamme qui continuait de luire en elle-même, vacillant sous les secousses.

Bien que se sentant rapetisser de minute en minute, elle avait rassemblé ses forces pour poser une dernière question.

Elle l'avait posée d'une voix encore plus basse, parce qu'elle sentait ses forces décroître et qu'elle ne voulait pas que son père l'entende :

– Maman... tu veux bien que je regarde dans le coffre ?

Durant une longue et douloureuse seconde, elle avait cru voir soudain le visage de sa mère - ce visage de cire - s'animer. Un froncement de sourcils, ou même l'esquisse d'un mouvement de lèvres, qui allait aboutir à des mots prononcés, brisant le silence de cette chambre : le sésame auquel elle avait tant rêvé, avant la visite, au fil de ses absurdes songeries de gamine stupide et trop sûre d'elle-même... Les mots qui les sauveraient tous trois de cet enfer.

Le visage, hélas, était resté de cire. Cette vision d'un mouvement n'avait été qu'une illusion, comme les points de lumière qu'on voit apparaître dans le noir à force de garder les yeux fixés sur un même endroit. Zoé l'avait finalement admis, après plusieurs douloureuses secondes à attendre... Attendre quoi ? elle ne savait plus elle-même.

Elle avait fini par reconnaître qu'elle aurait mieux fait de ne pas venir : en plus d'avoir échoué, elle venait d'infliger un surcroît de tristesse à son père. Peut-être même à sa mère.

Ainsi donc, elle n'était pas du tout la Stupéfiante Cérébra, ni un preux chevalier. Elle redevenait ce qu'elle avait été, une fillette exactement comme les autres, qui ne pouvait être d'aucune aide à sa maman, ni à son père.

De toute façon, ce n'est pas aux enfants de sauver les parents en trouvant un obscur secret caché dans un coffre. Non. Il n'y a pas de secret, la magie n'existe pas et les enfants ne sauvent pas leurs parents. Le pire, c'est que même l'inverse n'est pas vrai : dans la réalité, personne ne sauve personne.

Tout droit jusqu'au matin... La phrase de *Peter Pan* lui était finalement revenue, sauf qu'elle ne servait à rien.

Elle avait compris tout ça en cinq minutes. La leçon avait mis du temps à mûrir, voilà tout.

Sans faire de bruit, son père était venu poser une main sur son épaule. Il l'avait entraînée hors de la chambre (ils n'avaient même pas dit au revoir à Maman), puis il lui avait fait traverser le couloir jusqu'à la sortie de l'hôpital. Elle n'avait pas eu un geste pour résister ; elle s'en était remise à lui.

Ensuite, il l'avait assise dans la voiture, à la place à côté de la sienne, lui avait bouclé sa ceinture, et puis il avait posé un baiser sur son front. Un baiser qui disait toute sa douleur, toute sa peine. Tout son amour aussi.

Peut-être qu'il se nichait tout de même un peu de magie dans ce baiser, avait-elle eu le temps de penser, car elle s'était immédiatement endormie.

Dommage que sa pensée malheureuse l'ait poursuivie jusque dans ses rêves.

Deuxième partie

Souviens-toi que tu as vécu

1

Jour de honte

Dimanche 30 septembre 2020.

Le visage de Léonard est figé dans sa dernière grimace, sa main est restée agrippée à sa poitrine. À travers la fenêtre de la cuisine, on entrevoit les montagnes brunes aux sommets couverts de neige, immobiles comme lui.

Il n'est pas endormi, il n'est pas malade ; il est mort.

« Et depuis un bout de temps », songe Léonard en contemplant son cadavre.

À part le vent qui fait grincer une porte ou une fenêtre laissée ouverte, il n'y a pas un bruit. Léonard fait courir son regard sur les murs du chalet où il a fini ses jours. Il survole l'évier assassin, effleure une étagère chargée de vieilles éditions de Jules Verne, revient sur le corps.

Son corps. Triste spectacle... La chair du visage part en lambeaux, le front est criblé de petits points qui sont autant de morsures. Le nez a disparu sous une longue croûte boursouflée qui court de ses sourcils jusqu'à sa joue, et sa lèvre inférieure pend sur son menton. Le plus répugnant, ce sont les yeux. Des orbites vides, suintantes, comme si les globes oculaires avaient fondu à l'intérieur des paupières.

Quel cauchemar.

Depuis combien de temps est-il resté là à se décomposer ? Un mois ? deux ? À en juger par la couleur du jour, il dirait qu'on est en automne.

Donc, deux mois environ. Deux mois à pourrir ici. Étendu au pied de l'évier, comme un pantin disloqué, le corps semble s'être englué dans la crasse du carrelage.

Bon Dieu. Cette fois, l'horreur est complète, le tableau définitivement noir. Aucune honte ne lui aura été épargnée. Aucune. Pas plus à son esprit qu'à son corps !

Mais bordel, pourquoi est-ce qu'il est censé voir *ça* ? À quoi ça rime ? Il le sait bien, qu'il est mort loin des siens et entièrement oublié d'eux. Il a compris, merci. D'ailleurs, il savait avant de crever, et depuis longtemps, que ça finirait comme ça. À l'instant où son cœur crachait ses derniers battements, il aurait pu se douter que personne ne s'apercevrait de sa disparition, dans ce coin perdu où même le facteur ne vient pas.

Et après ? À quoi bon lui infliger ça ? Qu'est-ce qu'il doit comprendre ? Il y a forcément un minimum de sens à cette torture ! On ne peut pas souffrir absolument sans raison !

Nul ne pourra le nier, il a souffert. Même s'il a passé une bonne partie de sa vie à se répéter qu'il était trop coupable pour prétendre au statut de victime, et qu'il n'avait pas suffisamment enduré - *expié* - pour obtenir le droit de pleurer sur son sort, il peut dire aujourd'hui qu'il a souffert. C'est quelque chose qu'on ne lui enlèvera pas, quelque chose comme un châle de dignité dont il peut, en pensée, couvrir ce cadavre ignoble.

Il a souffert, indéniablement, et plus que beaucoup d'hommes et de femmes. Et il comprend que s'il a tenu si longtemps (vingt-cinq ans !) dans le malconfort de la solitude, c'est sans doute qu'une part de lui, en secret, espérait qu'au moment de sa dernière heure, une *raison profonde* à toute cette souffrance lui serait enfin donnée. En guise de consolation.

Mais ce n'est pas arrivé...

Le prenant par surprise, lui vient alors un immense, un aigu sentiment de pitié pour lui-même. Ou plutôt pour cet autre qu'il n'est plus - et pour lequel, justement, il parvient à concevoir de la pitié. C'est qu'il paraît tellement dérisoire, tellement grotesque, ce clown en train de moisir seul dans son trou, sans que personne ne s'en aperçoive !

N'ai-je donc tant vécu...

Il souffre de se voir ainsi, et cependant il déguste la petite lueur douce qui s'éveille à l'intérieur de lui-même, tandis qu'il s'autorise enfin à s'apitoyer sur le pathétique spectacle de son cadavre.

Même la laideur des chairs grignotées par la vermine lui inspire plus de peine que d'horreur. Plus de compassion que de honte. Tout ça n'est qu'une affaire de perspective, en fin de compte...

Ouais. En attendant, il n'y a qu'à toi-même que tu fais pitié. Tu n'as manqué à personne, et personne ne sait que tu es mort. Même pas le facteur...

Même pas le facteur.

Hé, là. Une minute.

Sans qu'il sache pourquoi, ces mots-là lui font comme une démangeaison. Comme quand on est sûr d'avoir oublié de faire quelque chose juste avant de partir en vacances (un flash : Lize dépliant sa serviette au milieu des enfants qui font une bataille de sable). Quelque chose d'important. A-t-on bien fermé la porte ? éteint le gaz ? Tant qu'on ne saura pas, la démangeaison reste.

Même pas le facteur.

Déployant son regard, Léonard contemple les montagnes alentour, ultimes gardiennes de son corps martyrisé. Il peut sans effort se représenter le sentier caillouteux qui passe devant chez lui et conduit au col du Bonhomme. En le descendant, on gagne la vallée en une heure.

Le chalet n'a pas de boîte aux lettres - il est situé trop haut en altitude pour que l'on vienne lui apporter son courrier. Et de fait, le peu de lettres que Léonard recevait lui étaient adressées en poste restante.

Le souvenir resurgit, d'un seul coup. Il se voit marchant sur le sentier, quand il allait chercher son pain, son vin, son fromage. Calant son souffle au rythme de ses pas, flairant l'odeur de terre et d'herbe sèche. Rares minutes sereines de sa retraite solitaire.

Mais surtout, surtout il se rappelle la joie piquante - piquante car neuve, inédite, inespérée ! - qui faisait tanguer son cœur dans les derniers jours avant sa mort, alors qu'il descendait le sentier avec l'espoir de trouver à la poste une lettre *qui l'attendait.*

Une de ses lettres à elle...

Dans un accès de panique, Léonard braque aussitôt son regard sur le buffet indien posé à quelques mètres de son corps pourrissant.

Quelle ironie de songer que la seule chose à laquelle il accorde de la valeur par-delà la mort tient dans un simple meuble... C'est pourtant bien cela que le buffet recueille à l'abri des regards : la seule chose au monde qui puisse laisser

croire à Léonard que, peut-être, son existence n'a pas été entièrement vaine.
Ses lettres à *elle*.

Je t'aime, envers et malgré tout.

Il se rappelle les mots et, dans le picotement désagréable qui commence à grésiller en lui, il les remâche sans bruit, malheureux fantôme incapable de briser le silence qui règne dans le chalet, misérable spectre sans densité ni pesanteur. Pantin de fumée.
Tout de même, j'aurai suscité ces mots-là. C'est une pensée qui réchauffe.

En fait, c'est même peut-être plus que ça. C'est peut-être une de ces pensées qu'il traque depuis qu'il a entamé ce satané chemin de croix, une pensée qui pourrait l'arracher à la spirale absurde où il est emporté. Une pensée qui sauve ?
Il faudrait qu'il s'accroche, qu'il reste encore un peu ici, près de son corps. À s'imprégner de l'endroit.
Puisant en lui-même, il laisse ses pensées s'étendre au-dessus de lui, telles les branches d'un arbre bienveillant qui lui offrirait de l'ombre.
Une ombre fraîche, dans laquelle son cadavre reposerait... paisible... Une ombre dans laquelle il disparaîtrait aux yeux du monde...

Comme par un fait exprès, la lumière du soleil glisse doucement sur le corps, plongeant dans l'obscurité le visage profané. Libéré de cette vision, Léonard sent qu'il peut plus aisément faire revenir à lui les mots de la lettre... et avec eux, peut-être, la pensée salvatrice ?

Je t'aime, envers et malgré tout.

Il regarde les mots danser. Le fait de ne jamais avoir cessé de compter pour *elle* est bien sûr un puissant réconfort, mais il y a autre chose... Une révélation à déterrer. Il a le doigt dessus ; il faudrait simplement qu'il fasse surgir cette pensée tapie sous les racines de son crâne, qu'il creuse et qu'il la brandisse pour la faire luire au soleil déclinant...

Oui !

Ça y est, il la tient. Sa pensée salvatrice.

Je t'aime, envers et malgré tout.

C'est la musique qui compte ! Au moins autant que les mots. La musique... C'est là que se niche la révélation qu'il cherchait.

Car en définitive, et contrairement à ce qu'il a cru durant sa vie entière, ce n'était pas de lui que devait jaillir la musique tant espérée, tant maudite aussi. Ce n'était pas lui qui devait l'exprimer ; mais elle existait bel et bien. Elle existait, il peut maintenant l'affirmer !

Cette révélation tient du miracle, pas moins. Ce qu'il vient de comprendre, c'est que tout le bruit qu'il a produit de son vivant *ne pouvait pas* devenir de la musique ; ce n'était pas la voie qui lui était assignée, ce n'était pas ainsi que les choses devaient se dérouler sur ce foutu Grand Échiquier Cosmique.

Son rôle à lui - celui qu'il aurait pu tenir s'il ne s'était pas bêtement perdu en route - était de faire naître la musique, par le bruit qu'il produisait, chez un autre que lui-même.

Chez une autre, plutôt...

Soudain, la porte s'ouvre. Ce n'est pas l'effet du vent : elle s'est ouverte en grand parce que quelqu'un vient d'entrer. Enfin ! Quelqu'un va voir son corps, constater le décès ! Sans doute le vieux René, son plus proche voisin.

Quoi qu'il en soit, il sera bientôt découvert.

À cette pensée, Léonard est profondément soulagé. Mais dans le même temps, il éprouve une gêne terrible à l'idée d'être vu dans un pareil état, même par le vieux René. Si délabré. Si repoussant.

Il tourne les yeux vers le corps...

Horreur ! Profitant de l'ombre qui s'est étendue sur le visage du mort, un énorme rat est sorti de sa tanière. Les griffes plantées dans la joue du macchabée, il lui dévore le menton avec un bruit de fouissement. L'obscurité n'empêche nullement Léonard de voir les yeux du rongeur cligner, tandis que ses mâchoires grignotent la chair de son visage. Dégueulasse.

Le spectacle est si révoltant qu'il en oublie la pensée salvatrice.

Il oublie qu'il suffirait peut-être, pour avancer d'une case, de crier haut et fort sa pensée afin qu'elle se déploie dans l'air et le sauve, comme dans une histoire pour enfants. Oui, il lui suffirait de crier ceci : que les inéluctables trahisons du corps - maladie, vieillesse et pourrissement - ne sont jamais que du bruit, un bruit produit par la mort pour empêcher les vivants de tendre leur âme à la musique. Et ce bruit peut bien prendre toute la place, aveugler les sens et appauvrir la pensée, éteindre l'espoir, écraser la volonté et insinuer la peur dans les cœurs, *cela n'empêche pas que la musique existe.*

La musique existe. Certains sont nés pour l'exprimer, d'autres pour leur permettre de le faire.

Léonard sourit à cette idée, malgré la honte qui l'étreint et le malmène.

Grincement de porte. Le bruit des pas s'approche.

Alors que l'intrus s'avance vers son cadavre, Léonard se sent disparaître ; et pour se consoler, il laisse chanter en lui la musique de ces mots qui, en définitive, était la seule chose solide à laquelle il aurait pu se raccrocher au moment de sa mort.

Je t'aime, envers et malgré tout.

[Zoé en rouge]

Assise sur son lit, jambes pendantes, Zoé frissonne en revoyant les murs de son cauchemar. Quel rêve horrible ! Cette cave humide et sombre, pleine d'échos inquiétants, qu'elle arpentait en tournant sans fin dans le noir, pieds nus sur le sol froid, si froid... Et ces portes couleur sang séché...

Elle courait de porte en porte. Elle cherchait sa mère, bien sûr - mais impossible de la trouver. Chaque porte ouvrait sur un nouveau couloir, jamais sur elle. Elle n'était nulle part.

D'un bond, Zoé descend de son lit, laissant ses pensées vagabonder. Elle en était à sa millième porte, et elle se disait qu'elle allait rester piégée pour l'éternité à ouvrir des portes et à courir dans des couloirs, quand elle a entendu la voix de sa mère. Un filet de voix, tout étranglé, comme s'il était passé par le siphon d'un évier pour venir gargouiller péniblement un mot. Elle n'a pas reconnu le mot mais, brusquement, la porte a donné sur une pièce.

C'était une cave individuelle, petite et poussiéreuse, encombrée de trucs noyés dans l'obscurité.

« C'est déjà quelque chose », aurait dit la Stupéfiante Cérébra. Au moins, elle était sortie de la spirale infernale.

Alors elle a tendu la main et, miracle, elle a trouvé un interrupteur logé derrière une étagère. Dans un « clic » salvateur, une ampoule pendue au plafond a éclairé la pièce, révélant deux hautes piles de cartons, une caisse remplie de bouteilles de vin, un ventilateur sur pied, plusieurs chaises longues entassées les unes sur les autres, la statuette d'un singe qui se couvre les oreilles avec les mains... et le coffre, caché sous les chaises, à peine visible.

Zoé se rappelle s'être dit, dans son rêve, que ce coffre-là ne pouvait être qu'à Maman, car ce n'était pas du tout le genre d'objet que Papa achète - il déteste les vieilleries. Le bois du coffre était ancien, incrusté de figures et de frises complexes, orné de petits points de métal dorés. Comme celui dont elle s'était souvenue la dernière fois.

Elle était à deux pas de son secret.

Bien sûr, elle s'est approchée pour ouvrir le coffre.

Et bien sûr, elle s'est réveillée au moment où il allait lui révéler son contenu.

Mais ça n'a aucune importance. Elle ne veut plus penser à tout ça. Ces histoires de coffre, de secret... Ça suffit. Quand elle a vu sa mère à la clinique, Zoé a bien compris qu'elle ne pouvait pas l'aider.

Il faut qu'elle arrête de croire aux miracles.

Pour commencer, elle doit aider son père, parce qu'il est seul avec elle et que c'est dur pour lui. Elle tire les manches de son pyjama qui se sont retroussées dans son sommeil, enfile ses chaussons et se bricole un sourire sur son visage d'écureuil. Allez, on va le réveiller.

– Papaaaaaa !

Façon fusée, elle engloutit le couloir et fonce jusqu'à la chambre de son père, entre sans frapper et se jette sur son lit.

Il la reçoit sur son ventre avec un « hmpf » de morse.

– Ma chérie... laisse-moi dormir !

Il pose un bras sur elle, avec le risible espoir de l'entraîner dans le sommeil. Elle se dégage, lui attrape le poignet des deux mains et le secoue au-dessus de sa tête.

– Papa ! Réveille-toi, il est neuf heures !

– Oh, chérie, laisse-moi...

Elle fait un saut de cabri sur son ventre, récoltant un nouveau « hmpf » surpris mais heureux. Puis elle passe la main sur sa joue râpeuse du matin ; elle s'efforce de repousser l'image qui lui vient alors des autres matins, ceux où Maman était là et où Zoé venait se nicher entre eux.

Une tristesse toute neuve lui noue la gorge, à cette pensée. Même quand elle allait bien, Maman n'avait jamais l'air très sereine aux tout premiers moments du réveil. Comme si elle sortait chaque fois d'un cauchemar éprouvant, dont elle devait se remettre avant de se composer une expression de façade. Il lui fallait toujours ces quelques secondes de récupération – durant lesquelles Zoé l'observait sans qu'elle le voie. Sa façon à elle d'affronter la vraie vie.

– Tu travailles pas, aujourd'hui ? dit Zoé à son père pour penser à autre chose.

Elle n'a jamais bien compris en quoi consistait le métier de Papa, un truc du genre « chef de secteur » ou « responsable rayon », mais elle sait que Bricorama ouvre le week-end, qu'il doit y être souvent le dimanche et que c'est une des raisons pour lesquelles il parle régulièrement « d'aller faire l'esclave ailleurs ».

Il bâille en ouvrant si grand la bouche que Zoé s'attend presque à voir jaillir des défenses d'entre ses lèvres. Il se frotte un œil avec le poing. Elle aime bien ce geste, elle trouve que ça fait très adulte.

– C'est férié, ma chérie. C'est l'Armistice.

– Larmiquoi ?

Cette fois, il ouvre les yeux, bien réveillé.

– L'Armistice. Qu'est-ce qu'ils vous apprennent en classe ? Ça veut dire la fin de la guerre mondiale. La Première.
– Y en a eu plusieurs ?
– Quoi ?!
Il s'assoit en catastrophe.
– Attends, tu ne sais même pas qu'il y a eu...
Il s'interrompt.
– Une minute. Tu me fais marcher, c'est ça ?
Zoé dévoile ses dents de devant sur le sourire finaud qu'elle sait irrésistible.
– J'avoue.
– Crapule !
Il l'attrape par le cou, fait mine de lui frotter le crâne avec les phalanges (souvent, Zoé se dit que son père aurait préféré avoir un garçon ; mais pour rien au monde elle ne lui avouerait qu'il lui fait parfois un peu mal quand il chahute avec elle). Finalement, il lui claque un bisou sur le front.
– « J'avoue », « j'avoue », il répète avec ce qu'il pense être un geste de rappeur. Qu'est-ce que c'est que cette expression ?
– Ben, c'est comme ça qu'on parle, nous les ados !
– Oh là là, pas trop vite, pitié. J'ai encore deux ans de répit, normalement. Allez, on va nourrir ton estomac de future adolescente, OK ?
Bien sûr, il en fait un peu trop. Et elle rit un peu trop fort.
– OK, Papa.
Ils ont décidé qu'ils passeraient une bonne journée.

*
* *

C'est une bonne journée. En tout cas, elle commence bien. Ils se sont offert un petit déjeuner d'ogre, Papa a fait ses fameux œufs brouillés aux fines herbes (il s'est nettement amélioré en cuisine, ces derniers temps) et Zoé a eu droit à deux bols de céréales, ce qui lui est interdit habituellement - surtout que ce sont les pires, les Trésor, un désastre de sucre et d'additifs. Sa mère n'aurait jamais été d'accord.

Mais justement, ils ont réussi à ne pas penser à elle de toute la matinée, ou à se le cacher suffisamment bien pour que chacun se dise que l'autre n'y pensait pas. Ils ont fait quinze minutes de fitness devant l'ordinateur, lui sérieux et appliqué, elle remplaçant souvent les enchaînements par des pas de danse plus artistiques.

Ensuite, Papa a accepté de jouer aux enquêtes de la Stupéfiante Cérébra. Il n'était pas très concentré, mais c'était chouette quand même. Plusieurs fois, au cours du jeu, elle a été tentée de descendre faire un tour à la cave, comme ça... pour voir. Juste ouvrir ce coffre, une fois pour toutes. « En avoir le cœur net », on dit, et ç'aurait été effectivement quelque chose de ce genre-là : une façon de se nettoyer le cœur. D'ôter le poids qu'elle sentait encore dessus.

À un moment, elle a même failli invoquer un prétexte pour y aller (*Tiens, je me demande si mes vieux rollers ne sont pas en bas, je peux aller voir ?*), mais ça lui a paru ridicule. Ridicule et un peu insultant pour Maman, qui valait mieux que toutes ces bêtises de gamine.

Alors elle a proposé à son père de passer un coup d'aspirateur.

Ils étaient en train de lire, lui un roman d'Harlan Coben et elle le tome 6 de *Lou*, chacun adossé à un accoudoir du canapé avec un méli-mélo de jambes entre eux deux, quand le portable de Papa a sonné.

Il a reposé son polar en soufflant et est allé répondre.

Sans savoir pourquoi, Zoé a senti que la journée allait prendre un tournant. Elle a flairé la catastrophe.

– Allô ? Oui, c'est moi… Je vous écoute…

Ce n'était qu'une vague intuition, et d'ailleurs, cette intuition s'est avérée en partie erronée. Elle avait raison sur le fait que quelque chose d'important s'était passé ; mais alors qu'elle se préparait déjà à endurer une nouvelle épreuve, son père a raccroché et lui a adressé un sourire phénoménal.

Un sourire comme il n'en avait pas affiché depuis une éternité, c'est-à-dire un mois et dix jours. Et par-dessus ce sourire coulaient deux larmes qu'il ne prenait pas la peine de cacher. C'étaient des larmes de joie.

– Elle a parlé.

Zoé a senti une brise se lever sur son cœur, le nettoyant. Elle a eu la vision très claire de l'organe rouge qui se figeait dans l'attente de la suite.

– Elle a…

– Ta mère a parlé. Ma chérie !

Il a plaqué le poing sur sa bouche pour retenir un sanglot. Il a repris, plus lentement :

– Les médecins disent qu'il ne faut pas s'emballer. Elle n'a dit qu'un seul mot, en fait. Ce n'est pas…

– C'était quoi !?

– Hein ?

Zoé a repris son souffle, qui s'était accéléré. Son cœur battait à tout rompre et, dans sa tête, elle voyait les rafales de sang pompées par l'organe et réinjectées dans ses veines. *Maman a parlé. Maman a parlé. Maman a parlé.* Ces mots tournaient en boucle, rouges eux aussi.

– Le mot qu'elle a prononcé… c'était quoi ?

Il a hoché la tête, précipitant la course de deux nouvelles larmes sur ses joues.

– « Merci. » Elle a dit merci à l'infirmière qui lui a apporté son petit déjeuner. Pendant quelques instants, elle a eu l'air de revenir à elle - et ça s'est arrêté, ma chérie, il faut que tu le comprennes, d'accord ? Elle n'est pas guérie, pas encore. Mais elle a dit un mot. Elle a dit « merci ».

Zoé ne répond rien. Il n'y a absolument rien dans son esprit, en cette minute, aucune question pertinente ou fantasque. Immobile, flottante, elle regarde son père mettre un genou à terre devant elle comme un preux chevalier des temps anciens, puis poser ses grosses mains sur ses épaules. Elle pense à Bruce Willis.

– On ne doit pas croire aux miracles. On doit rester lucides, d'accord ? Et patients. Mais c'est une très bonne nouvelle, ça oui. Ça, on a le droit de se le dire.

– C'est de l'espoir, murmure Zoé, les yeux fixes et sentant la joie monter en elle comme une peur.

Ils sont si proches l'un de l'autre. Suspendus au-dessus du même vide.

– Oui, ma grande. C'est exactement ça. C'est de l'espoir.

Elle a juste le temps de penser qu'elle n'a jamais autant aimé son père lorsqu'il fond soudain en larmes. Et elle aussi.

Ils pleurent longtemps, blottis l'un contre l'autre, ensemble ; Zoé serre le cou de son père à l'étouffer et boit les larmes qui mouillent le col de son tee-shirt, respirant son odeur réconfortante, rêvant à un horizon sans fin qui s'ouvrirait subitement au-dessus d'eux.

2

Jour de disgrâce

13 mars 1995.

Léonard sursaute en entendant claquer la porte d'entrée. Plus exactement, les deux Léonard sursautent en même temps, chacun à un bout de la pièce ; à gauche le Léonard mort, qui vient d'apparaître devant la fenêtre du salon, et à droite le Léonard vivant - qui n'a pas l'air tellement plus frais que l'autre - sur le canapé, où il rumine la plus grosse gueule de bois de son existence pourtant bien pourvue de ce côté-là.

Léonard sait où il vient d'atterrir, et quand. Il sait aussi *qui* vient d'entrer dans l'appartement, tirant son avatar alcoolisé de sa torpeur.

Le point de non-retour a été atteint. Il est temps de payer l'addition.

Il se trouve dans l'appartement de la rue Custine, celui où Lize et lui ont vécu pendant quinze ans avec les enfants. C'est-à-dire depuis la naissance d'Émilie jusqu'à ce jour précis, ce 13 mars 1995 à compter duquel les enfants y vivront seuls ; sans leur mère puisqu'on vient de l'enterrer, et sans leur père puisque, dans quelques minutes, il va les abandonner.

Tristan et Émilie entrent.

Mes enfants, songe Léonard. *Mes enfants.*

Il prend le temps de les regarder franchir le seuil de l'appartement, refermer la porte derrière eux, accrocher leurs manteaux sombres à la patère Art déco en fer forgé.

Il observe leurs visages fermés, profondément meurtris. Pendant que son avatar s'extirpe avec difficulté du canapé, il veut au moins rattraper ça : il veut lire sur les visages de ses enfants la tristesse, la colère, la déception. Il veut lire tous les signes qui annoncent la scène à venir, c'est-à-dire les tout derniers gestes, les tout derniers mots. La fin de la partie.

Ça y est, l'autre imbécile est debout. Il renverse le cendrier plein de mégots, titube jusqu'à eux. Se passe une main dans les cheveux, dans l'espoir vain d'atténuer sa migraine ; toute possibilité de panache est à jamais perdue. Il n'a pas fière allure, le poète. Il a la gerbe et mal partout.

Sans s'être concertés, Tristan et Émilie se placent non pas face à lui, mais de part et d'autre, comme si chacun allait lui frapper une joue à tour de rôle. Ils le fixent longuement, en silence.

Tristan est d'une beauté insolente, fauve ; la beauté des vingt ans que chantait Ferré. Il semble tout étiré en longueur. Il a de longues jambes, de longs bras, un long cou - celui de sa mère -, et un beau visage qui s'étire avec une grâce que contredit, sur ses traits, une certaine rudesse. Pas tout à fait de la brutalité, mais quelque chose d'agressif.

Il a hérité de son père ses sourcils et ses cheveux bouclés, mais cette dureté-là, d'où la tient-il ? Il a été un enfant vif, plein d'énergie, puis un adolescent chahuteur, mais Léonard l'a toujours « rangé », en pensée, parmi les doux, comme lui-même et comme Lize (il revoit son petit à six ou sept ans, niché contre lui, tout sanglotant, parce qu'un garçon l'avait tapé à la récréation ;

la sensation tiède des larmes qui imprégnaient sa chemise tandis qu'il le serrait contre lui).

Ce n'est plus le cas. Les quatre années du Grand Drame Familial n'y sont sûrement pas pour rien. Tristan les a affrontées en portant tellement plus qu'il n'aurait dû, et en menant de front son parcours de lycéen brillant, puis d'étudiant bûcheur... Il a transformé la douleur en acharnement, la peur en urgence, et il a réinvesti cette énergie dans ses études. Au passage, il s'est endurci, parce qu'il n'a pas eu le choix. Parce que c'était ça ou tout laisser partir à vau-l'eau. Tristan a toujours été déterminé, voire entêté - c'était un sujet de plaisanterie récurrent entre Lize et Léonard, la ténacité de leur fils, capable de rester assis devant son assiette froide toute la soirée, bras croisés, s'il avait décidé de ne pas la terminer.

À la liste de ses torts, Léonard doit peut-être ajouter celui d'avoir asséché le cœur de son fils.

– C'est fini, dit alors Tristan à son père, qui titube devant lui. L'enterrement. C'est fini.

L'autre imbécile vacille sous le choc, se contente de hocher la tête. Manière de dire : « Je sais bien, j'ai vu, j'y étais. » Par miracle, il n'ajoute rien, car Léonard voit bien que s'il l'avait fait, Tristan se serait jeté sur lui pour le marteler de coups de poing. Sa fureur crépite.

– Tu aurais pu nous épargner ça. Au moins ça.

L'autre imbécile continue de hocher la tête. Et comme il n'a pas arrêté de le faire depuis que son fils a commencé à parler, ça donne l'impression qu'il ne s'agit que d'un mouvement d'automate, un dodelinement de pantin stupide (Léonard voit jaillir une scène d'un film en noir et blanc, encore un dont il ne retrouvera pas le titre, où un ivrogne répond par un dodelinement semblable à une foule hilare, après s'être fait asperger d'eau par le barman).

Tristan semble se rendre compte que son père n'écoute pas, puisqu'il ajoute :

– C'est surtout à elle que tu aurais pu épargner ça.

– Ça va, j'ai compris !

Le pantin a parlé. Il aurait mieux fait de la fermer, c'est une certitude au regard des minutes qui vont suivre, mais il vient de prouver qu'il était doué de parole, faute d'intelligence.

De ses yeux morts, Léonard le regarde qui tente de se draper dans une dignité depuis longtemps évanouie. Il doit mobiliser toute sa volonté pour ne pas se contenter de le haïr. Pour réussir à se souvenir que cet homme-là, qui s'est pointé bourré au bras d'une nana à l'enterrement de sa femme, n'était plus tout à fait, à cette époque, un être vivant et pensant. Il valait à peine mieux qu'un spectre : il n'était en somme qu'une plaie béante et un gouffre de peur, qui ne savait plus qu'accueillir les catastrophes sans rien leur opposer de solide.

Le pantin marmonne :

– Je fais encore ce que je veux, bordel de merde...

C'est là que la voix d'Émilie s'élève.

– Et c'est ça que tu *voulais*, Papa ?

Léonard ferme les yeux. Il a repoussé au maximum le moment de poser son regard sur elle, mais il savait que cela viendrait. Ça devait venir.

Émilie.

Elle a parlé d'une voix si calme que ses mots ont tardé à se faire entendre – mais bien sûr, ils n'en ont porté que plus fort. Comme elle se tient à côté de son frère, le contraste entre eux est encore plus remarquable. Ses cheveux à elle sont si clairs qu'ils semblent rayonner en jetant leurs reflets cuivrés. Là où, par sa stature,

Tristan paraît défier le monde, Émilie est comme remisée en elle-même, prête à encaisser les coups.

On ne saurait pas dire si c'est une jolie fille. Elle ressemble beaucoup à sa mère, mais elle est moins délicate.

Émilie, en fait, a tout de l'oiseau. Son nez est un peu trop grand, sa bouche un peu tordue. Elle n'est belle que quand elle croit que personne ne la regarde. Léonard se rappelle les rares fois où il l'a observée sans qu'elle s'en rende compte - une nuit notamment, il y a quelques mois, alors qu'il s'était levé pour aller boire un coup dans la cuisine et qu'il était passé devant sa chambre d'adolescente.

Elle avait laissé la porte entrouverte. Assise à son bureau, elle griffonnait à la lueur de sa lampe métallique en forme de C. Il devait être minuit ou plus, mais Léonard n'avait pas eu l'idée de lui dire qu'elle avait cours le lendemain, d'abord parce qu'il ne pensait jamais à ce genre de choses et ensuite parce qu'à ce moment-là, il ne pouvait plus prétendre à une quelconque forme d'autorité.

Mais cet instant volé n'en avait pas eu moins de valeur pour autant. Dans l'appartement désert (Lize dormait *là-bas*, Tristan était auprès d'elle), Léonard avait regardé sa fille écrire. Si concentrée, si scrupuleuse. Il savait depuis longtemps qu'elle écrivait de petites choses, des nouvelles, des poèmes, mais il n'avait jamais trouvé le temps de s'y intéresser.

Il l'avait épiée, cette nuit-là, en sachant bien qu'il n'oserait pas lui en parler le lendemain. Parce que depuis qu'il avait commencé à faillir, il s'était mis à avoir peur de ses propres enfants. Surtout de sa petite, si fragile, si spéciale.

Le pantin se redresse.

– Ce que j'aurais voulu, ma chérie, c'est que tout ça n'arrive pas. Ces quatre années de cauchemar. Cet enterrement sordide, avec toutes ces gueules de cons... Je n'ai rien fait pour mériter cette merde. Ça n'aurait pas dû arriver. Voilà ce que j'aurais voulu : un sort moins injuste.

On y est. Au moment où le pantin va tout gâcher. Il a prononcé les mots qui auraient peut-être permis à ses enfants de voler à son secours... s'il l'avait fait quatre ans plus tôt. Mais à présent, ils sont semblables à un remède qui aurait tourné en poison. Émilie a croisé les mains sous sa gorge (Léonard entrevoit, sur ses poignets maigrelets, des stries brunes qui ne peuvent être que des marques de cutter). Tristan serre les poings.

– « Un sort moins injuste. » C'est tout ce que tu trouves à dire ?

Léonard répond par un sourire blessé. Un sourire qui rend Tristan encore plus fou de colère.

– Ça change quoi, ce que tu *aurais voulu* !? Tu crois qu'on a besoin que tu t'apitoies sur toi-même, en plus de tout ce que tu as infligé à Maman ? Sans même parler de nous - parce que nous, on se débrouille, tu nous as habitués à nous passer de ton aide -, tu ne crois pas qu'elle avait besoin d'un mari qui la soutienne, et pas d'un sinistre clown ?

À cet instant, Léonard remarque quelque chose. Émilie, discrètement, a touché le coude de son frère pour tenir sa colère en bride, l'empêcher d'aller trop loin. Et ce geste-là, qui lui avait échappé sur le coup, lui fait comprendre beaucoup de choses... Il en dit long sur la suite. Il explique pourquoi, après avoir vécu avec Tristan pendant trois ans, Émilie a choisi d'emménager seule, dès sa majorité. Et pourquoi elle a finalement écrit ces lettres. Les lettres qui sont devenues la dernière chose solide à laquelle Léonard aurait pu se raccrocher.

Je t'aime, envers et malgré tout.

Émilie... Sa perle douce, sa libellule, son trésor. Peut-être que si, à cette seconde précise, elle avait pris la parole, les choses auraient tourné différemment. Peut-être.

Mais ça ne s'est pas produit.

Et tout s'accélère. L'autre imbécile s'emballe :

– Le clown te dit *merde*, mon grand. Si vous n'avez pas besoin de moi, je ferais sûrement mieux de me tirer, c'est ce que tu penses ?

Une certaine gravité s'est emparée de Tristan. Son intelligence étant aussi vive que son tempérament, il a compris dès les premiers mots où cet échange les entraînerait. Il a eu le temps, déjà, de s'y préparer. Et de soigner les apparences - ce qui, en somme, est son équivalent personnel du goût de son père pour le panache.

– Financièrement, on peut très bien se débrouiller. Je finis l'école dans trois mois et je suis déjà sûr de trouver un boulot à peu près où je veux. En attendant, on a le capital décès de Maman pour tenir.

– Le quoi ?

– Oui, je sais, tu ne comprends rien à ce genre de choses. Ça ne t'intéresse pas. Seulement, tu vois, il faut bien que quelqu'un s'en occupe... On ne peut pas tous être de purs esprits. Maman avait pris une assurance. On va recevoir une certaine somme, tu en auras la moitié et nous l'autre. Avec ça, tu pourras t'installer où tu voudras.

Cette fois, le pantin accuse le coup. Il relève la tête avec une vivacité qui rappelle celle de son fils.

– Ah, donc c'est officiel, je suis viré ? Maintenant que votre mère est morte, vous pouvez vous débarrasser de moi. On rase gratis !

Tristan secoue la tête d'un air navré.

– Arrête avec tes expressions grandiloquentes. Arrête de nous emmerder. Arrête, c'est tout.

Les yeux de Tristan semblent se teinter de noir. « C'est probablement là qu'il a cessé de m'aimer », se dit Léonard, et tandis qu'il se sent disparaître, il regarde le père et le fils s'affronter en silence.

Il regarde les dernières bribes d'amour partir en fumée.

Puis il pose les yeux sur Émilie et grappille, comme pour s'en repaître, l'éclair de pitié qu'il lit dans son regard.

La suite, il ne la verra pas : elle n'est qu'une dégringolade à la fois rapide et interminable. Vingt-cinq ans de solitude, de tristesse et d'aigreur que l'on peut résumer en trois mots à la fin d'un chapitre.

Arrête, c'est tout.

Léonard a obéi. Il a arrêté. Il a rassemblé quelques affaires. Abandonné le reste sur place, avec ses enfants. Il a logé quelques mois chez une « copine », le temps de trouver un endroit où s'endormir le soir et se réveiller le matin. Et s'il a fini par choisir cette bicoque au cœur des montagnes qui l'ont vu grandir, ce n'était même pas par nostalgie, plutôt par paresse.

[Zoé en blanc]

Zoé n'a pas protesté quand son père lui a annoncé qu'il irait seul à l'hôpital. Elle ne voulait pas être un motif de tracas supplémentaires dans un moment aussi important. Au contraire, elle a été irréprochable : elle l'a encore aidé à retrouver ses clefs et s'est même occupée de vider le lave-vaisselle.

– Merci, ma grande. Tu comprends tout.

Le « merci » de son père lui a rappelé celui, si crucial, si beau, de sa mère. C'était vrai qu'elle comprenait, et ça la rendait fière. Elle comprenait qu'il ne se passerait probablement rien d'exceptionnel aujourd'hui à l'hôpital - les médecins avaient été très clairs là-dessus, il ne fallait pas espérer un miracle -, même si Papa devait bien sûr y aller, *au cas où*. Elle comprenait qu'elle ne ferait que le gêner si elle se mettait dans ses pattes pendant qu'il essaierait de faire reparler Maman (ce « reparler » lui arrache un frisson de joie indescriptible dont elle essaie de se méfier, mais impossible). Elle comprenait qu'elle devait laisser faire les adultes.

Elle comprenait tout.

Mais elle a quand même convaincu Papa de ne pas envoyer Mylène pour la garder. Parce que malgré son désir d'être sage et raisonnable, elle restait la Zoé qu'elle était - « Piratesse toujours ! » –, et qu'une part de son petit cerveau trapéziste lui criait que ce n'était peut-être pas une coïncidence si Maman avait dit un mot si peu de temps après sa visite…

Cette partie-là lui hurlait qu'en vérité, c'était à elle que sa mère disait « merci », pour avoir évoqué son coffre aux secrets. En envisageant les choses ainsi, ce « merci » devenait une façon de lui donner la permission de l'ouvrir.

Pendant que Papa irait la voir à la clinique, Zoé descendrait donc à la cave. Elle ouvrirait le coffre. Elle découvrirait le secret. Peut-être que cela aiderait Maman, d'une manière ou d'une autre. Après tout, deux efforts valent mieux qu'un, non ?

Zoé s'est accrochée à l'image de deux ponts lancés de part et d'autre d'une île qu'on voudrait relier à la terre ; elle espérait être un des deux ponts pour sa mère.

Tout ça s'est mis en place dans son esprit sans qu'elle y réfléchisse consciemment. Elle ne sait pas trop comment : elle a souvent l'impression que son cerveau est plus intelligent qu'elle. En classe, quand elle n'arrive pas à résoudre un problème de maths, elle a la certitude que la réponse se trouve dans un recoin de son crâne auquel elle ne parvient pas – encore – à accéder ; elle sent qu'en se concentrant, elle pourrait presque entendre grésiller la pensée qui sait, cachée derrière toutes les pensées qui ne savent pas.

Ce n'est qu'une question de réglage, comme quand on tourne le bouton d'une vieille radio pour trouver la station. Sauf que souvent, le bruit des pensées est trop fort, il étouffe le reste.

*

* *

Elle a obtenu ce qu'elle voulait : Papa a accepté qu'elle se garde toute seule, elle a l'appartement pour elle et du temps pour aller trouver ce coffre. Si quelque chose, dedans, peut lui permettre d'aider Maman, ou de deviner ce qui lui est arrivé, elle saura ce que c'est en le voyant. C'est une affaire de magie, ou en tout cas de croyance. De foi.

– Pas de bêtises, hein ? lui a dit Papa avant de partir.

Elle a promis – et jusqu'ici, on ne peut pas dire qu'elle ait menti. Ce n'est pas une bêtise, ce qu'elle s'apprête à faire. À peine une... indiscrétion ? Mais le cas de Maman est spécial, alors peut-être qu'elle a le droit d'enfreindre quelques règles. Papa comprendrait, elle en est sûre, si elle pouvait lui expliquer tout ça. Il comprend toujours tout.

D'ailleurs, c'est sûrement ce que s'est dit Maman en le rencontrant : peut-être que ce n'est pas un « intellectuel » et qu'il n'a pas lu autant de livres qu'elle, mais il est vraiment gentil et il comprend toujours tout.

À cette pensée, Zoé chancelle, parce qu'elle lui fait prendre conscience d'une réalité très triste : la gentillesse de Papa n'a pas empêché que Maman soit frappée. Il n'y a pas de justice, voilà la vérité.

Elle ne descend pas tout de suite à la cave. Ce moment vide qui n'est qu'à elle, ce moment blanc, elle veut en profiter pleinement. Elle furète dans la cuisine, ouvre les tiroirs qui ne servent presque jamais, ceux qui contiennent des objets étranges ou amusants, râpe à fromage, pierre à aiguiser, cuillère à trou. Elle ouvre les petits flacons d'épices posés sur leur étagère, à côté de la hotte, et les respire un à un. Maman préparait souvent des plats indiens, elle aimait bien « expérimenter ». Ça donnait parfois des résultats mitigés.

Après la cuisine, Zoé repasse rapidement en revue les livres et les DVD du salon (son regard glisse sur celui des *Yeux sans visage*). Elle caresse du bout des doigts la commode aux photos, mais elle ne l'ouvre pas ; elle les connaît déjà. Or, c'est un secret qu'elle cherche.

Elle entre dans la chambre des parents. Normalement, elle n'y va jamais quand ils ne sont pas là - enfin, quand Papa n'est pas là. Mais cette fois, elle ose. Elle sent qu'elle a le droit, et puis elle ne fait rien de mal.

Le lit lui paraît mille fois plus grand que quand elle a sauté dessus, ce matin. Un lit abandonné comme une île. Elle passe une main dessus, imagine la forme qu'auraient les mollets de Maman si elle était en train de dormir sous la couette... Ça fait trop mal, alors elle s'écarte.

Elle se retrouve face à l'armoire. Elle l'ouvre à deux mains. Pendues aux cintres, il y a les robes de Maman, celles qu'elle met pour les soirées. Il y a ses jeans pliés - en haut de la pile, le tout déchiré que Zoé adore. Pendant une longue seconde, elle s'imagine enfiler un de ses tee-shirts, lui emprunter ses bottines rock et puis, pourquoi pas, dévaliser sa trousse à maquillage pour se transformer en petite femme, en version miniature de sa mère... Ça l'excite beaucoup et, cependant, elle sait qu'elle ne le fera pas. Si Papa rentrait et la trouvait devant le miroir avec les habits de sa mère, qu'est-ce qu'il dirait ? Qu'elle ne pige rien à rien, tout compte fait - et il aurait raison.

De toute façon, ce n'est pas ce qu'elle a prévu. Elle ne fait que retarder l'échéance, là. Ce qu'elle veut faire, c'est descendre à la cave pour trouver ce fichu coffre. S'il existe, parce qu'elle n'en est même plus si sûre.

L'idée d'y aller toute seule lui fiche la trouille, maintenant qu'elle est acculée.

Mais elle ira jusqu'au bout.

Comme dans un rêve, Zoé retourne au salon, plonge sa main dans l'assiette creuse posée sur la console et attrape le jeu de clefs qui contient le bip de l'immeuble, la clef de l'appartement, celle de la boîte aux lettres et celle de la cave.

Comme dans un rêve, elle ouvre la porte de l'appartement, accueille le froid qui la saisit aux épaules - elle s'aperçoit alors qu'elle est toujours en chaussons et en pyjama, et mesure mieux l'état de transe dans lequel elle se trouve -, puis elle se rue vers l'ascenseur.

Elle appuie sur le bouton d'appel, s'efforçant de calmer les battements de son cœur affolé.

Le « *ting* » strident de l'ascenseur la fait sursauter ; elle a chaud dans la gorge et se sent traversée de frissons. Les portes s'ouvrent ; personne, la cabine est vide. Elle entre, appuie sur « - 2 ». Respire aussi lentement que possible pour se calmer, durant les interminables secondes que mettent les portes à se fermer sur elle...

Si quelqu'un me demande, je vais chercher du vin pour Papa. Si quelqu'un me demande...

*

* *

Mais les portes de l'ascenseur se referment sans que personne ne monte, et la cabine l'amène au deuxième sous-sol.

Dès que les portes s'ouvrent, Zoé s'éjecte d'un bond hors de la cabine. Elle est éblouie par la lumière automatique qui éclaire les murs blancs du sous-sol et la porte coupe-feu qui lui fait face. Une porte d'un beau rouge vif. Rien à voir avec du sang séché.

OK, dépêche. Elle entend l'ascenseur remonter dans son dos. Parce qu'un voisin l'a appelé ? Vite, elle tire sur la poignée - hyper lourdes, ces portes -, sent un filet d'air glacial

courir sur son cou. Elle aurait mieux fait de s'habiller, mais maintenant qu'elle est lancée, elle ne va pas revenir en arrière.
Elle allume la minuterie du couloir. Et elle s'élance.

Le plafond est plus bas dans les caves, même si elle n'a pas besoin de se courber, contrairement à Papa quand il y va. On n'y voit pas grand-chose ; les vieilles ampoules qui jalonnent le chemin n'ont pas beaucoup de puissance. Heureusement, Zoé est venue assez de fois pour savoir où se trouve leur cave. Sous ses pieds, elle sent crisser le sol de terre battue.
Elle prend le couloir qui dessert les caves du premier étage, numérotées en 100 et quelque. Elle tourne à gauche, dans le couloir qui rassemble celles du deuxième étage. Et parvient au carrefour qui distribue, à gauche, les caves du troisième - dont la sienne -, et à droite celles du quatrième.
Elle compte les portes, 329, 330... 331.
Elle y est.
Il lui faut s'y reprendre à deux fois pour introduire la clef dans la serrure de la porte, tant elle tremble. Elle ne se demande même plus ce qu'elle va trouver, ni si ce qu'elle fait ici a le moindre sens. Elle ne pense presque plus à sa mère ; elle est partie chercher un coffre au trésor.

Le « *clic* » de la serrure résonne.
Sa main moite dérape sur la poignée ; elle raffermit sa prise et tire sur la porte de toutes ses forces. L'odeur d'humidité, prononcée et rassurante, lui souffle aux narines ; elle avance et s'écorche le coude sur le mur de briques, mais elle n'y fait pas attention. Ce qu'elle découvre la laisse muette de stupéfaction. Ce capharnaüm amoncelé sous ses yeux, c'est exactement ce qu'elle a vu dans son rêve. Les images du songe se superposent

à celle que son regard lui délivre d'une façon si nette qu'elle ne peut avoir le moindre doute.

Tout y est : les deux hautes piles de cartons, la caisse remplie de bouteilles de vin, le ventilateur sur pied. Dans le coin gauche, les chaises longues entassées les unes sur les autres - elle se demande bien pourquoi ses parents ont acheté ça. À côté, la statuette du singe qui se couvre les oreilles avec les mains, frangin de celui qui se cache la bouche, dans le salon, et qui lui fichait tellement la frousse quand elle était petite. Au fait, où a fini le troisième ?

C'est incroyable. Merveilleux. Et impossible. Son cerveau s'empresse de lui dire qu'il s'agit d'un simple effet de « déjà-vu », lié à la fatigue de ces derniers jours, et qu'il n'y a pas de quoi s'emballer. Mais son cœur nettoyé, lui, sait bien qu'elle est sur la voie de quelque chose d'extraordinaire.

Elle repère alors l'objet caché sous une chaise longue. Le coffre.

Qui, peut-être, contient la clef du mystère.

Elle s'avance, puis tend la main.

Silence bourdonnant.

Cœur battant.

3

Jour de victoire

21 juillet 1958.

On est très exactement au milieu de l'été ; il n'y a aucune raison pour que les vacances se terminent un jour.

Le garçon que Léonard contemple ne mesure pas plus d'un mètre trente. Il porte un bermuda écossais qui dévoile des genoux écorchés, des bretelles auxquelles il s'accroche des deux mains comme aux lanières d'un sac à dos, et une casquette à rabats pour se protéger du soleil qui tape fort, sur le sentier herbeux qu'il gravit en trottinant. Une sacoche bat contre sa hanche, légère.

Léonard a neuf ans et des poussières, ses cheveux sont blonds comme les blés et le sourire qui étire son visage espiègle est un soleil miniature. Autour de lui, tout piaille, tout s'ébroue. Même les montagnes lointaines semblent lui sourire.

Cette vision-là... Léonard n'en revient pas. Elle s'impose sur tout ce qu'il a revu depuis sa mort. Cette vision-là est une bourrasque.

Souviens-toi que tu vécu... Il n'aura fallu qu'une seconde pour que son enfance altière, invincible, reprenne la place d'honneur dans son cœur, et sans le moindre effort ! Dans un ricanement.

Harponné, il suit les pas bondissants du petit garçon qu'il a été, un jour, il y a une éternité.

Il s'aperçoit, en s'accrochant à sa course rapide, que c'est cela qu'il a passé tant de temps à rechercher, dans ses carnets de poèmes ou ailleurs : le goût de son enfance. Il constate également en revivant ce jour qu'il n'avait, en réalité, aucun espoir d'y parvenir. Aucun poème ne pourrait dire le chahut rieur qui agite sa poitrine, ni les fourmis dans ses mollets griffés par les hautes herbes jaunies, ni cette conviction si forte d'être un soleil parmi les soleils, une palpitation lumineuse en agitation constante, inépuisable, fière !

La pente du sentier s'accentue entre les champs, mais le garçon ne ralentit pas sa course. Il ne connaît pas la fatigue, seul son but l'occupe. Ses souliers font valdinguer les cailloux et voler la poussière, s'élèvent vifs et retombent lourds, sans faiblir. Léonard remarque alors que le trottinement du garçon marque un tempo régulier, comme s'il s'amusait à jouer du tambour avec ses semelles...

Et c'est exactement ce qu'il fait.

Léonard se souvient.

Un-deux-trois-quatre
Un-deux
Un-deux-trois-quatre
Un-deux-trois
Un-deux
Un-deux-trois-quatre
Un

C'était un code secret. Son code. Il l'avait élaboré une nuit, dans l'obscurité de sa chambre. Il l'avait baptisé « le Code de la Victoire. » Il le fredonnait pendant les dictées. Le pianotait sous la table dans l'espoir d'avoir du rab de dessert. Il le martelait partout, à la moindre occasion.

Relevant les yeux, Léonard attache son regard aux talons qui battent la mesure devant lui, et il sait qu'avec ses doigts, son menton, ses mâchoires, avec tout son jeune corps qui n'est que mouvement, le garçon est en train de battre cette mesure. Scrupuleusement, avec méthode.

Il peut même se rappeler sa constante intranquillité à l'idée de rater un temps, c'est-à-dire de fausser le code et de devoir repartir de zéro.

Cet instant, songe Léonard, est un cadeau. En un clin d'œil, il renoue non seulement avec son enfance, mais aussi avec le monde qui l'abritait. Les plateaux vert et ocre entre lesquels serpente le sentier connu par cœur ; la vallée noyée de lumière au fil du matin naissant ; le bruit d'une pierre butant contre une autre et la faisant rouler, dans l'air chargé de senteurs piquantes à l'approche de la forêt ; un peu plus loin, le chant égal d'un ruisseau, et plus loin encore une rumeur de meuglements ponctuée de tintements métalliques ; et puis toujours, à perte de vue, les sommets pelés de ces montagnes qui lui sourient en silence.

C'est au sein de ce paysage qu'il a fini ses jours, mais Léonard sait bien qu'il s'agit de deux mondes différents. Non seulement parce qu'il s'était retranché dans un chalet situé haut au-dessus de la vallée, loin des hommes, mais aussi parce que ce n'était plus qu'un décor dépourvu d'âme, à partir du moment où le rythme de ses pas avait cessé de répondre au chant des montagnes, des bêtes et des ruisseaux. À partir du moment où il avait perdu le code secret de son enfance.

– Où t'es, mon chat ? Où t'es ?

Léonard se fige, imitant sans s'en apercevoir le garçon, qui a posé la main sur le tronc d'un pin, juste à l'entrée de la forêt, et se tient aux aguets, une jambe fléchie vers l'avant. Il sait que les mots qu'il vient de chuchoter du bout des lèvres, de sa voix ronde comme un galet, sont en vérité une incantation, une de ces « formules » étroitement liées au code secret. Il se rappelle même qu'il n'avait le droit de les prononcer qu'après avoir répété dix-sept fois le code sans se tromper. Il ne sait plus du tout pourquoi dix-sept.

Mais il se souvient du chat. De ce qui s'est passé ce jour-là.

– Où t'es, mon chat ? Où, où, où ?

Tout en ânonnant, le garçon se frotte les mains deux fois, dans un sens puis dans l'autre. Ses yeux brillants fouillent l'ombre qui clapote entre les arbres. Ses mollets trépignent, pressés d'y plonger.

Cependant il se retient encore, inspirant et expirant à grandes goulées pour aller au bout de sa formule :

– Pas là... ni là, mais bien...

Tel un élastique qui se détend, il s'arrache enfin au sol et se projette dans les bois. Tout en courant, il crie de toutes ses forces :

– ... LÀ !

Et il court, il court aussi vite qu'il peut, un ruban de rire flottant derrière lui tandis qu'il saute par-dessus les racines des arbres, tonitruant, tendu vers son but !

– Où t'es, mon chat ? Où, où, où ? chante-t-il à tue-tête.

Le chat, pense Léonard, qui poursuit son petit avatar comme un lutin pourchassant son ombre. *Le chat*, se répète-t-il et, dans le même temps, il sent une excitation le gagner, semblable à celle qui électrise le garçon.

Zulma. C'était le nom du chat. Une drôle de bête, qu'il n'aimait pas beaucoup, pour tout dire. Mais qui lui avait toujours inspiré une certaine fascination. D'abord à cause de son allure. Long et svelte, il pouvait s'arquer comme un crochet et puis, en un rien de temps, s'étendre à la façon d'un fil de fer. Son pelage était d'un noir bleuté où la lumière se plaisait à venir scintiller et ses yeux brillaient d'un vert intense. Et surtout il avait, en haut du crâne, une tache blanche qui ressemblait exactement à un éclair.

Oui, Zulma était un grand éclair noir rayé d'un éclair blanc. Ça n'inspirait pas confiance au petit Léonard.

En outre, le comportement de l'animal était étrange. C'était le chat du paternel, et il avait pour son maître des attentions qu'on n'aurait pas cru pouvoir attendre d'un félin. Parfois, il lui sautait sur l'épaule et restait là, à le cajoler. Il lui miaulait des paroles d'amour en trouvant sa gamelle pleine. Et le petit Léonard était à peu près certain que si son père avait sifflé pour l'appeler, Zulma aurait accouru en jappant.

Il y avait entre eux un lien particulier. Magique ?

En tout cas, le chat parvenait très bien à faire comprendre aux autres, à savoir Léonard et sa mère, qu'ils faisaient obstacle à la relation privilégiée qu'il entretenait avec son maître. Ce qu'en pensait le père, on ne savait pas trop.

La veille, ils étaient allés pique-niquer dans les collines, tous les quatre : le père, la mère, Léonard et le chat. Après le déjeuner, les parents avaient coincé la bulle, tandis que Léonard avait passé l'après-midi à construire un fort avec des pierres et des bouts de bois.

Au moment de partir, on s'était aperçu que Zulma avait disparu. Il avait filé dans les bois, juste au-dessus.

– Pas là...

La voix du gamin - sa propre voix, mais si pure encore, vierge de tout dommage ! - le ramène à l'instant présent. Le garçon ne court plus ; voûté dans une posture de Sioux, les bras écartés comme des ailes, il fait mine d'épouser l'ombre des arbres pour s'y faufiler, glissant doucement sur le tapis de mousse verte. Il hume la fraîcheur ambiante.

Léonard se rappelle le but de cette « quête », à la fois plus réel qu'une pierre et vaporeux comme un rêve. Accéder à la magie de Zulma. D'une façon ou d'une autre, le garçon s'était persuadé que ce drôle de chat essayait de prendre contact avec lui par une sorte de lien télépathique... ou plutôt qu'il l'*attirait*. Oui, il l'attirait comme un aimant, depuis le coin de forêt où il était allé s'égarer. Il imaginait ses yeux verts luisant dans le noir à mesure qu'il exerçait son pouvoir...

Il ne s'était pas posé beaucoup de questions avant de se mettre en route. Au petit matin, il était entré dans la cuisine en bâillant largement, savourant le plaisir de pouvoir se lever tard, goûtant la saveur de l'interminable été. Sa mère avait posé un baiser sur son front et l'avait assis devant son café au lait avec une caresse dans les cheveux.

À l'autre bout de la table, le père tirait une gueule pas possible. Il faisait semblant de lire son journal, mais on voyait bien que c'était du chiqué.

Pas de doute, il broyait du noir.

C'est alors que le jeune Léonard avait senti Zulma l'appeler. Merde ! Ça lui avait fait tinter le crâne, une marmite qu'on frappe d'un coup de cuillère.

– Ni là, mais bien...

Il avait englouti son café au lait en se brûlant la gorge, puis il avait foncé dans sa chambre pour s'habiller et rassembler quelques affaires dans sa sacoche. Il était sorti de la maison à toute vitesse, direction la forêt. À peine eu le temps d'entendre le paternel grommeler quelque chose à propos de la porte qui n'était pas pour les chiens.

Et il en est là, à se faufiler dans l'ombre des sous-bois. Tous les sens aux aguets, les yeux plissés. Convaincu qu'il va retrouver le chat et rendre le sourire à son père.

Léonard regarde ce petit bout d'homme recroquevillé, ce petit bout d'homme qu'il a été un jour, et il n'a aucune envie de rire de sa naïveté. Non seulement parce que cette naïveté lui apparaît pour ce qu'elle n'aurait jamais dû cesser d'être - un trésor inestimable -, mais en outre parce que la réalité, ce jour-là, avait effectivement revêtu la substance vaporeuse des rêves, laissant sa naïveté d'enfant remporter une victoire.

Comment a-t-il pu oublier une chose pareille ?

Après avoir franchi d'un bond silencieux un filet de ruisseau qui glougloute entre les cailloux, le garçon s'arrête devant un arbre particulièrement large. Comme s'il était arrivé au bout d'une corde.

Il lève une main solennelle, puis il pose sa sacoche. Il s'agenouille avec des gestes exagérément lents, comme si le moment exigeait de la lenteur - de la gravité.

Et c'est avec un visage solennel qu'il extirpe de la sacoche une saucisse qu'il a chipée dans la cuisine avant de partir. En la posant par terre, il chuchote :

– ... LÀ !

Sans doute cet agencement de gestes et de mots faisait-il partie des règles de l'incantation ; Léonard ne s'en souvient plus. Il sait seulement ce qu'il voit, désormais.

Or ce qu'il voit ne peut mentir : dans un froissement de feuilles, une silhouette d'un noir bleuté surgit en haut de l'arbre.

Zulma tourne son museau vers l'enfant, puis se laisse chuter au sol à la manière d'un éclair noir.

Le garçon accueille d'une caresse cet animal qu'il n'aime pas beaucoup, mais auquel son père tient tant - peut-être plus qu'à lui.

En le regardant manger sa saucisse, il chuchote doucement :

– Te voilà, toi.

Et il semble évident à Léonard qu'aux yeux de ce tout jeune garçon, il n'y avait rien d'étonnant au fait d'avoir retrouvé un chat égaré grâce à un lien « télépathique ».

C'est peut-être pour cela, d'ailleurs, que son cerveau a oublié ce souvenir : pour l'enfant qu'il était, ce miracle n'avait rien d'exceptionnel. C'était seulement de la magie correctement exécutée. Il avait réussi, en ce jour de victoire, à faire fonctionner le code et à réciter la bonne incantation, ouvrant la porte d'un autre monde. Pour retrouver Zoé.

Zoé ?

D'un coup, le monde de l'enfance s'éclipse.

4

Jour de défaite

27 avril 1991.

Il arrive au bout de son chemin de croix. Ce souvenir-là sera l'épreuve finale. La dernière case de l'échiquier...

En voyant se tracer les contours de la petite chambre d'hôtel, Léonard peut quasiment flairer l'odeur de rouille et d'humidité qui en imprégnait les murs vert d'eau. Entendre le vrombissement de l'autoroute qui passait derrière.

Toute sa vie, son cerveau aura œuvré à enfouir ce jour-là dans les ténèbres de sa mémoire, en usant de subterfuges et d'expédients alcoolisés, et cependant il sait bien que rien de ce qu'il s'apprête à voir ne le surprendra ; il en a conservé chaque détail incrusté dans ses chairs, comme des plaies à jamais ouvertes.

Cette épreuve est sa plus grande terreur, et elle se dresse devant lui ; la fin, la vraie, approche.

(Il voit se projeter dans son esprit la dernière scène d'un autre film sans titre, un professeur aux cheveux gris vacillant sous les assauts psychiques d'une classe d'enfants mutants, auxquels il oppose une riposte mentale sans cesse répétée : *Un mur de briques... un mur de briques... un mur de briques...*)

« Alors on va foncer dans le mur », pense Léonard.
Il est prêt.

*
* *

Le Léonard qui s'apprête à bousiller son existence est assis à une table carrée collée au mur, près de la fenêtre, dans un coin d'ombre.

Il a quarante-deux ans et une certaine expérience des sorties de route. Cela fait un peu plus d'une décennie que sa vie n'est qu'une longue fuite en avant ponctuée de phases d'accalmie - ces périodes longues parfois de quelques semaines et parfois de plusieurs mois, durant lesquels il parvient de nouveau à apprécier les joies simples de son existence sans être harponné par les épuisantes « escapades ».

Le problème est qu'en général, plus les phases d'accalmie sont longues, plus les sorties de route, qui reviennent inexorablement, sont spectaculaires.

Comme à la naissance d'Émilie. En la serrant contre lui pour la première fois, il s'est senti envahi d'une grande et belle sérénité. Il la chérissait, cette sérénité toute neuve, il en était fier autant que de sa fille. Il tenait dans ses mains ce tout petit bébé et il ne redoutait nullement de devoir réapprendre son rôle de père. Il se découvrait des élans de désir pour Lize et de tendresse pour Tristan. Il limitait au maximum ses déplacements ; et quand il rentrait, après avoir garé la Citroën en bas de la rue, il lui arrivait de courir pour rentrer chez lui, afin d'être plus vite *parmi les siens*. Son horizon s'était dégagé.

Deux ans plus tard, à la faveur d'une tournée de brocantes dans le Sud, il avait dérapé. Et pendant des semaines entières, il n'avait plus touché terre. Des semaines à se vautrer. En roue libre du matin au soir !

Dans les pires moments de cette « période noire », il s'est retrouvé à entraîner dans ses chambres d'hôtel des femmes qu'il ne trouvait même pas belles, pour lesquelles il n'avait pas la moindre sympathie. Il a foiré avec férocité, avec application, comme par amour de l'art. Le plus étonnant est qu'il ait réussi à conserver quelques clients.

Non, se dit Léonard en détaillant du regard la silhouette bossue de son avatar penchée sur sa petite table. *Le plus étonnant, c'est que Lize ait supporté tout ça.*

Il n'a jamais su si elle savait ou non. Comme ça l'arrangeait de le penser, il se disait : *En un sens, elle sait.* Il se répétait parfois cette formule, triste version dépravée des incantations de son enfance, pitoyable mur de briques où venaient se fracasser les rappels de sa culpabilité.

En un sens, elle sait. En un sens, elle sait. Lize ne lui a jamais laissé croire qu'elle se doutait de quoi que ce soit. De temps en temps, elle lui disait seulement - avec une mine peinée qu'il s'était mis à détester - qu'il n'était pas assez présent, que les enfants le réclamaient. Qu'il devait faire attention à eux, parce que les années filaient. Et attention à lui aussi.

Elle n'a jamais cessé de faire attention à lui.

Ce Léonard de quarante-deux ans, qui s'apprête à chuter de très haut en un coup de téléphone, est en train d'écrire un poème. Enfin, il essaie. Étonnamment, ses soubresauts littéraires vont souvent de pair avec ses velléités de rédemption. Les poèmes qui en sortent sont merdiques, mais il aime à penser qu'ils attestent de sa sincérité à vouloir s'amender. Peut-être même, pense-t-il, qu'ils contiennent le code secret qui lui permettra d'arrêter de « vriller ». Si seulement il pouvait mettre le doigt dessus, comme on tombe sur un coffre en trébuchant sur une racine !

Mouais. On est loin du trésor avec ce qu'il gribouille là, mais ce n'est pas complètement raté non plus. Ni de la boue ni de l'or. Rien qu'une mixture tiède comme il en produit parfois, un poème qui ne changera pas la face du monde et qui ne dira rien de la somptueuse musique qui tonne en lui, plus furieuse que jamais d'être tue… Quelle frustration.

Cela dit, les derniers vers sont jolis.

Mon fils n'est pas encore entré dans l'âge d'homme.
Pourtant, qu'il semble loin l'âge innocent des jeux,
Des jets de sarbacane et des boules de gomme !
À presque dix-sept ans, mon fils est si sérieux…

S'il arrive à le terminer, il l'offrira à Tristan. Ou, plutôt, il le glissera sous son oreiller un matin, pendant qu'il sera au lycée. Ils ont de plus en plus de mal à se parler, ces derniers temps.

Dans son dos, le Léonard mort s'est détourné. Les remuements moraux de ce bonhomme inapte au bonheur ont cessé de retenir son attention. Ses yeux se sont braqués vers le téléphone marron posé sur la table de chevet. Qui attend, tel un serpent remâchant dans sa gueule le venin qu'il s'apprête à cracher. Bientôt, il va hurler.

L'autre, évidemment, n'est pas prêt. Personne n'aurait pu l'être face à ce qui l'attend, mais il l'est moins que quiconque. Il plane à cent mille. À quelques minutes de l'appel qui le fera basculer, il bricole des vers pour sa fille, histoire qu'il n'y ait pas de jaloux - même s'il n'est pas bien sûr que ses enfants lisent ce qu'il leur écrit. Il pense aux cheveux dorés d'Émilie, à ce rire si tapageur qu'elle émet quelquefois, d'autant plus sonore qu'il est rare. Sa fille qui couve des orages sous ses silences boudeurs...

Il se dit qu'à son prochain retour, il essaiera de lui parler. Il l'aime, mais il ne la connaît pas. Il ne connaît pas sa fille de dix ans (onze ? il n'est plus sûr). Ce n'est pas normal.

Mais, qui sait ? Peut-être que la situation peut s'arranger. Au moins, il n'a pas encore gâché trop de choses avec elle. Il a surtout été trop souvent absent. C'est mieux que d'avoir été mal présent. Avec elle, il y a peut-être de l'espoir.

Il commence à écrire un beau poème, pose quelques vers délicats et corsés, comme elle, et...

Le téléphone sonne.

Le téléphone sonne et, sur le coup, le Léonard mort voudrait supplier l'autre de ne pas se lever de sa table carrée, de ne pas aller décrocher. Et aussi, d'ôter de son visage ce stupide sourire confiant qui ne va pas tarder à se transformer en une grimace laide à faire peur - car le désespoir est laid, surtout quand il est mêlé d'effroi.

Mais il se contient. Il doit accepter ce qui va advenir sans se tapir derrière le rempart facile des remords. Il doit affronter cette épreuve.

Troisième sonnerie, Léonard s'est levé. Souriant, donc, il trottine jusqu'au téléphone marron. Il trottine, bon sang...

– Allô ?

La réception lui transfère un appel de sa femme. Un appel urgent.

– Ma chérie, tout va bien ?

Il a posé la question pour la forme, mais il est à cent lieues de s'inquiéter. Plus tard, il se dira que c'était là sa première erreur : il ne s'inquiétait pas suffisamment.

La vérité, songe Léonard en voyant le visage de son avatar se décomposer sous ses yeux tandis qu'il serre le combiné dans sa main et répète « Quoi ? Hein ? Quoi ? Hein ? » comme un perroquet stupide, c'est qu'il ne faisait pas assez *attention*. Il ne savait jamais en quelle classe était Tristan, il aurait été bien incapable de dire le prénom de la meilleure et seule amie d'Émilie, et il n'avait pas du tout remarqué, ces dernières semaines, que Lize se plaignait de plus en plus souvent d'une douleur persistante en haut de la nuque. Elle qui ne se plaignait jamais - et justement, ça aurait dû l'alerter.

Le pire est que *même en cet instant*, il n'est pas assez attentif à la voix calme de son épouse ; il ne prend pas le temps de peser les mots qu'elle-même a soigneusement choisis.

S'il avait, pour commencer, mieux écouté, peut-être qu'il aurait réagi différemment. Peut-être qu'il aurait dit autre chose que :

– C'est pas possible. C'est n'importe quoi. Ils te disent n'importe quoi, enfin !

– *Non... Non, je t'assure, Léonard. Ils sont sûrs d'eux. Je m'en doutais, en fait. La douleur ne s'arrêtait jamais... Maintenant, on sait. Il va falloir se battre, ensemble.*

– N'importe quoi ! N'importe quoi !

– *Léonard, écoute-moi. Il faut que tu rentres. Je vais avoir besoin d...*

– Arrête. Arrête de dire ça ! Tu n'as rien du tout !

– *J'ai une tumeur, Léonard. Une tumeur au cerveau.*

Il pense : NON, NON, NON. Le mot lui martèle les tempes chaque fois qu'il le hurle à l'intérieur de lui-même. Il reprend son souffle et lâche une sorte de gloussement monstrueux, né de l'effroi et du désespoir :

– Une tumeur au cerveau, alors que tu parlais d'une douleur à la nuque ? Qu'est-ce que c'est que cette histoire de fous ?!

Il est si pâle qu'on dirait un mort. Des larmes ruissellent sur ses joues mais il ne les sent pas, elles coulent sans qu'il s'en rende compte. Elles coulent parce que la partie immergée de son esprit, elle, a compris ce que l'autre partie s'acharne absurdement à nier. Sa femme est très malade. Sa femme a besoin de lui. Sa femme va mourir.

En attendant, il parle, il continue de parler, quitte à dire n'importe quoi, pour empêcher Lize de répondre. Son instinct de fuite a mis le turbo et lui susurre que, s'il tient le crachoir sans jamais s'arrêter, l'ombre qui vient de le recouvrir s'éloignera.

Il parle pour faire du bruit.

Pendant ce temps, malgré tout, l'information remonte à travers les eaux troubles où s'enlise sa conscience ; et peu à peu, il admet qu'il ne fait que retarder l'inévitable. Lorsque la vérité a fini d'émerger en lui, il opère une brusque volte-face.

– J'arrive. Ne t'inquiète pas, je serai à la maison dans une heure. On... Oui, on fera face ensemble. Je serai là, ne t'inquiète pas.

Et tout en prononçant ces mots comme soufflés par un comédien médiocre, il voit se heurter des images de crashs de voiture et de poupées décapitées.

Quand il raccroche, ses yeux tombent sur le poème qu'il était en train d'écrire à Émilie :

Petit orage blond, ma jeteuse de sorts,
Sais-tu que quelquefois, j'ai - bien bêtement ! - peur
De te dire, ô ma fille, ô ma princesse d'or
Tous les mots que pour toi je garde dans mon cœur ?

Très calmement, il range les deux poèmes dans la sacoche toute neuve qu'il s'est achetée après avoir perdu l'autre - et avec elle, un carnet auquel il tenait beaucoup. (Quelle importance, désormais ?)

En sortant sa valise de sous le lit, il se dit qu'il va se comporter comme il faut. Il offrira les poèmes aux enfants et il sera aux côtés de leur mère. Jusqu'au bout.

Le Léonard mort, qui se voit rassembler ses affaires avec des gestes automatiques, ne doute nullement de sa sincérité. Oui, il pensait ce qu'il se disait à ce moment-là.

Mais ça n'a aucune importance car en réalité, il a déjà tout foiré. Il a mal pris son départ. Il ne s'est pas mis dans les bons rails, et les sympathiques promesses qu'il formule vont se disperser à la première averse.

Pour preuve, ces mots qu'il prononce après avoir refermé sa valise :

– Pourquoi est-ce que c'est à moi que ça arrive ?

En définitive, oui, c'est déjà plié, foutu. Il ne saura pas se battre. Il ne fera que fuir.

*
* *

Durant les quatre ans qui ont suivi, la famille s'est mise en ordre de bataille autour de Lize. Elle a été admirable, jusqu'au bout de ce combat perdu d'avance, jusqu'à l'épuisement progressif des recours et l'extinction des dernières forces.

Tristan s'est révélé héroïque. Même la petite Émilie forçait l'admiration de tous. Comment une fille de son âge pouvait-elle aussi bien comprendre les choses ?

Lize est morte aimée et entourée des siens.
C'est une consolation.

Le seul qui a échoué, c'est Léonard. Il n'a pas déserté le domicile familial, mais ça aurait peut-être mieux valu. Il s'est fait plus flottant qu'un ballon de baudruche. Évanescent, toujours ailleurs. De plus en plus loin. Il s'est montré si peu digne de confiance qu'on a vite cessé de compter sur lui.

Il s'est profondément vautré. De plus en plus geignard, de moins en moins sobre. Quand Lize a dû rester à l'hôpital jour et nuit, il s'est lancé dans un véritable marathon de frasques.

La plupart du temps, il a été un poids plutôt qu'une aide. Éric, le frère de Lize, l'a même cogné au visage, une fois, dans l'espoir de le ramener sur terre. Ça n'a rien changé.

Lize, elle, ne lui a fait aucun reproche. C'était sa limite : elle ne voulait pas mettre son beau mousquetaire face à ses contradictions. Elle comprenait qu'il flanche, elle comprenait que ce soit trop dur pour lui, elle comprenait qu'il ait peur. Elle comprenait tout, alors même qu'elle vomissait dès le réveil et qu'elle n'avait plus la force de se lever pour aller aux toilettes. Elle a continué de le comprendre, même quand l'issue est devenue inévitable. Elle ne lui a demandé aucun compte.

Peut-être que si elle l'avait fait, il aurait osé lui avouer sa pensée la plus honteuse. Au fond de lui, Léonard est resté convaincu que sa femme n'était pas tombée malade par hasard ; si elle avait été frappée, c'était afin que *lui* soit atteint et puni pour ses fautes. Afin qu'il subisse le châtiment prévu sur le Grand Échiquier Cosmique : malheur, chagrin et déshonneur.

C'est avec cette pensée qu'il est mort. Avec la conviction d'avoir rendu son ange malade. Avec la certitude, aussi dévastatrice qu'ahurissante d'égocentrisme, que ses ténèbres personnelles avaient englouti la lumière de Lize.

Il est donc allé au-delà de toute rédemption, et il a fini seul.

– Pourquoi est-ce que c'est à moi que ça arrive ? marmonne encore une fois ce Léonard de quarante-deux ans écrasé par la vie.

Puis il tire la porte de sa chambre derrière lui.

*

* *

Léonard soupire en l'entendant claquer. De soulagement. Il a atteint le fond de sa déchéance, il a tout revécu.

Il ne se dit même pas que, s'il le pouvait, il ferait les choses différemment ; il conçoit ce qu'une telle pensée a d'illusoire et même de dangereux. Il ne refera pas sa vie, mais il a au moins été capable d'en affronter le spectacle.

Il en ressort, non pas plus fort, mais un peu plus vrai.

Un peu plus juste.

Qu'est-ce qui l'attend, maintenant ?

[Zoé en noir]

Au moment où Zoé pose la main sur le coffre, la minuterie s'éteint.

Merde !, pense-t-elle. En classe, elle a appris qu'un historien s'était employé à répertorier les derniers mots prononcés par les poilus morts dans les tranchées, pendant la Grande Guerre. Le mot qui arrivait tout en haut de la liste, c'était « Merde ! » - cas typique, le malheureux qui prend une balle pendant qu'il fume une clope. Le deuxième mot, c'était « Maman ».

Zoé a pensé les deux, coup sur coup.

Merde !

Maman.

Bien sûr elle n'est pas morte, mais la pensée qu'elle *pourrait* mourir ici - loin des siens, dans cette cave humide - a eu le temps de la traverser, de bas en haut, comme un éclair fendant un brin d'herbe.

Pendant une longue seconde, elle se sent toute petite fille, à la merci de tout. Rester seule ici, dans le noir...

– N'importe quoi.

Elle l'a dit juste assez fort pour s'extirper de l'apnée qui l'avait prise d'un coup - elle l'a dit comme on prononce une incantation, parce qu'elle sait qu'on peut mourir d'angoisse, ou de stress.

Ce n'est pas en classe qu'elle l'a appris, c'est Maman qui le lui a dit, un soir.

C'est toujours Maman qui a raconté les histoires. Ça arrivait encore régulièrement, jusqu'à ce lundi 1er octobre de malheur.

Et elle était *géniale*. Elle inventait tout, les intrigues, les personnages, les péripéties ; elle dessinait des univers merveilleux, terrifiants et complexes, qui se prolongeaient d'une histoire à l'autre - au fil des années, elle s'était mise à composer un grand Livre des Légendes, aux racines profondes, dont dérivait une myriade de héros et d'héroïnes.

Quand elle racontait, son visage se transformait. C'est une chose qui avait frappé Zoé, qui la mettait même mal à l'aise, parfois ; sa mère changeait lorsqu'elle se jetait dans une histoire. Ses gestes se faisaient plus brutaux, sa stature plus raide. L'impression de fragilité qui se dégageait habituellement d'elle, cette fameuse délicatesse qui amenait les gens à baisser la voix pour lui parler, tout cela disparaissait à l'instant où elle s'asseyait au bord du lit, le soir.

Papa rigolait en disant que c'était la vraie Maman qui ressortait - celle qui, d'après ce qu'il croyait savoir, avait été une ado plutôt délurée, une « punkette », et qui s'était déguisée en gentille bibliothécaire pour leurrer les gens.

« Mais nous on n'est pas dupes, hein, ma grande ? On sait que sous le masque se cache une sorcière... »

C'est vrai qu'elle ressemblait à une sorcière, à la lueur de la lampe de chevet. Elle racontait avec fureur. Elle souriait en dévoilant des dents brillantes sur un retournement d'intrigue, grimaçait en mesure avec les soubresauts du récit, contrefaisait sa voix pour faire résonner celles des guerriers, des sirènes, des goules, des monstres qui s'affrontaient sur le terrain qu'elle dessinait.

C'était un jeu, bien sûr, mais un jeu qu'il fallait prendre au sérieux. En fin de compte, c'est sûrement de sa mère que Zoé a hérité son goût pour les jeux. C'est de sa sorcière de mère qu'est née la Stupéfiante Cérébra !

Hélas, Maman a été prise à son propre jeu, ensorcelée comme dans une de ses histoires, prisonnière d'une gangue noire.

Comme moi en ce moment... sauf qu'il suffit que j'appuie sur un bouton pour en sortir, se dit Zoé en humant les ténèbres qui, déjà, lui semblent plus rassurantes.

Elle presse l'interrupteur logé derrière une étagère, et une ampoule pendue au plafond éclaire la pièce. Zoé s'étonne de l'avoir trouvé aussi facilement. Si les choses pouvaient être aussi simples pour Maman...

Mais qui sait ? Qui sait si le sortilège n'est pas levé, à l'heure qu'il est ? Qui sait si Maman n'est pas sauvée - *guérie* ? Peut-être qu'en ce moment même, elle parle avec Papa et qu'il l'écoute sans répondre, assis à côté de son lit d'hôpital, trop bouleversé pour dire un mot, les yeux pleins de larmes qui ne coulent pas ! Peut-être qu'il l'écoute parler en se répétant en boucle : *Zoé va être si heureuse, si heureuse !*

Alors que le deuxième « heureuse » tinte dans son esprit, Zoé laisse ses yeux retomber sur le coffre.

Elle s'assoit par terre, écarte les genoux et attire l'objet à elle, entre ses jambes, en le faisant glisser sur le sol.

Elle pose les deux mains dessus, soigneusement.

Respectueusement.

Ses doigts courent sur le bois, rebondissent légers sur les poinçons de métal, s'attardent sur les frises qui le recouvrent. Ses doigts reconnaissent le trésor de son rêve.

D'un geste minutieux, elle l'ouvre, goûtant le plaisir insondable de sentir le couvercle peser dans sa paume avec un poids réel, mesurable. Elle n'a pas rêvé ce coffre, ce n'était pas son imagination : il est là et, d'une certaine façon, cela tient déjà d'une forme de magie.

Son secret l'attend, à portée de main. Elle décide de fermer les yeux, comme pour obéir à un rituel ancien.

– Je t'aime, Maman, chuchote-t-elle.

Zoé plonge la main dans le coffre, qu'elle se figure comme un carré de noir se découpant nettement sur le blanc qui l'entoure. Elle sent du papier se froisser sous ses doigts. Elle sort du coffre une feuille, puis une deuxième.

Elle entrouvre les yeux... Ce sont deux lettres, couvertes au recto et au verso d'une écriture serrée.

Elle referme les yeux, pose les deux feuilles par terre, les lisse du plat de la main sur le sol grumeleux. Elle veut savourer l'instant, prendre le temps de décortiquer le secret, lui ouvrir les entrailles et les répandre devant elle, comme une vie déployée.

Dans le coffre, elle trouve aussi une photo. Elle la pose à côté des deux lettres... et décide de s'arrêter là.

Pourtant, il y a d'autres objets, à l'intérieur du coffre : elle a senti le métal froid d'une bague, et son ongle a ripé contre ce qu'elle pense être un coquillage. Mais sans qu'elle sache pourquoi, elle devine que ces objets-là ne sont pas reliés au secret qu'elle est venue trouver.

Après tout, elle a posé trois questions à sa mère ; il semble logique qu'elle ait le droit de voir trois objets, pas un de plus. Dans les histoires, trois est un chiffre magique.

Alors Zoé referme le couvercle.

*

* *

Elle s'adosse à la porte de la cave et attrape une première lettre, qu'elle lève à hauteur de regard.

Le temps d'un flash, Zoé s'imagine dans la peau de la Stupéfiante Cérébra examinant un indice, puis la vision s'estompe à mesure qu'elle déchiffre les premiers mots de la lettre :

Mon Émilie,
ma fille orage blond,

Je ne saurais te dire à quel point ta lettre m'a

Elle lit, d'un bout à l'autre. C'est une lettre adressée à sa mère et qui répond, semble-t-il, à une autre lettre qu'elle a écrite auparavant. Zoé ne comprend pas grand-chose, c'est intime et compliqué comme le sont souvent les histoires d'adultes, mais elle devine que ça parle d'amour, de mots qu'on n'a pas réussi à se dire, de regrets, du temps qui s'enfuit. Elle se dit que son cerveau, lui, saura faire le tri.

Dans le même état d'esprit, elle lit la seconde lettre - écrite par la même personne à sa mère, un peu après.

Ces deux lettres datent de l'été dernier. Et elles semblent « tout à fait indéniablement », comme dirait la Stupéfiante Cérébra, liées au voyage de l'horrible lundi 1er octobre.

Ce voyage dont sa mère ne voulait partager le secret avec personne, même pas avec les siens.

Zoé n'est pas sûre d'avoir percé le secret, mais elle est convaincue, en revanche, qu'elle l'a fait *entrer en elle*, dans son cœur, où il pourra révéler sa nature bienfaisante - tel un poison qui deviendrait un remède.

Désormais, ce secret a un nom, comme la pensée malheureuse. Celui de l'expéditeur des lettres adressées à « Émilie » (ça

fait toujours drôle, se dit Zoé, quand quelqu'un appelle Maman par son prénom). Ce nom est Léonard. Le père de sa mère.
– Mon grand-père, dit Zoé à voix haute.

Elle examine le troisième et dernier trésor. La photo, qui représente un vieil homme debout au milieu des montagnes, les mains sur les hanches, la chevelure blanche luisant au soleil. Son air grave, presque pénétré, ne parvient pas tout à fait à cacher l'envie gamine qu'il a de faire le pitre...

Mais il se retient. Il se retient sans doute depuis une éternité. C'est un homme qui a vécu seul trop longtemps.

Zoé n'a aucun doute là-dessus, même si elle ignore comment elle le sait. De même qu'elle sait que ce vieil homme est bien Léonard, son grand-père.

Elle retourne la photo. Quelques mots ont été rédigés au verso, de la même écriture nerveuse que celle des deux lettres :

Printemps 2020.
Ton vieux père en son royaume solitaire !

Après avoir lu, Zoé hoche la tête. Son grand-père. Le père de sa mère. Elle ne l'a jamais rencontré, mais étrangement, son visage lui est familier. Elle a l'impression de l'avoir vu plusieurs fois en rêve, ou dans des moments importants de sa vie - comme ce jour, l'été dernier, où elle a sauté du grand plongeoir.

Pourquoi est-ce qu'elle pense à ça ? Aucune idée.

En tout cas, elle est heureuse de rencontrer cet homme, même si c'est par l'intermédiaire d'une photo et de deux lettres. Elle se dit qu'elle l'aime déjà bien. Il faut dire que ça fait un bout de temps qu'elle veut le connaître... Avant même d'ouvrir ce coffre, elle a toujours senti qu'il y avait un secret attaché à la famille de sa mère - et plus précisément, à cet homme.

Zoé se souvient de la réaction de sa mère, le jour où elle a essayé de l'interroger à ce sujet. Elle se rappelle très bien à quelle occasion. Elle avait souri en posant sa question, espérant la désarmer par son charme enfantin, mais ça n'avait pas marché. Sa mère avait seulement murmuré, dans un soupir presque agacé :

– Je t'ai déjà dit, ma chérie. Le seul membre de ma famille que j'ai encore, c'est mon frère. Il vit à l'étranger et voyage tout le temps... Tu l'as vu quand tu étais petite. On s'écrit régulièrement. Mes parents, je ne les ai plus. Ma mère est décédée quand j'étais jeune, de maladie, et mon père l'a pour ainsi dire suivie dans la mort.

Pour ainsi dire. Zoé n'avait pas remarqué, sur le coup, cette formule qui lui revient brutalement en mémoire ; mais tandis que son cerveau la cachait dans une de ses petites cellules, son cœur changeait les mots mystérieux en une musique puissante... pour plus tard.

Pour maintenant.

– Maintenant, dit Zoé.

Elle sent son cœur battre plus vite, car le moment approche.

En quelques gestes lents, elle range les lettres et la photo dans le coffre, qu'elle referme.

Elle inspire et expire, pour se calmer, comme sa mère le lui a appris le jour où elle est tombée de vélo. Elle repense à ce film qu'elle adore, dans lequel le petit garçon court à la fenêtre pour hurler le prénom de sa mère, sauvant un monde entier du néant.

Eh bien, c'est à son tour d'être héroïque.

Il se trouve que parfois, être héroïque, c'est simplement réussir à vaincre sa peur du ridicule. C'est surmonter sa timidité en osant *croire*, malgré la crainte d'être grotesque. Croire à la magie, croire que l'amour peut sauver et que les mots trop longtemps tus pourront un jour être dits.

Pour bien faire, elle pose un genou à terre, tel un preux chevalier des temps anciens.

Elle se concentre intensément, avec la plus grande gravité, car ce qu'elle veut faire exige une foi sans limites : elle va appeler sa mère, de tout son cœur empli de la musique qu'elle a libérée en ouvrant le coffre.

Elle ferme les yeux, s'imagine monter à bord d'un petit vaisseau spatial - monoplace, avec une coque en métal d'un beau vert anis et deux gros phares tout ronds - puis se mettre aux commandes de son cerveau.

Il ne lui reste plus qu'à s'accrocher à une pensée pour s'envoler à bord de ce vaisseau. Elle choisit une pensée heureuse, puisqu'elle sait bien, désormais, que les pensées naissent toutes des racines du même arbre, certaines permettant de gagner l'horizon tandis que d'autres plongent dans des gouffres sans fond.

Sa pensée heureuse, ce sera le visage de son père ce matin, alors qu'il versait des larmes de joie à l'idée que Maman était *peut-être* guérie.

Zoé s'agrippe à ce « peut-être », puis elle s'élance.

Dans le silence humide de la cave, elle crie de toutes ses forces...

Ma-man, Ma-man,

Ma-man,

Ma-man, Ma-man,

Ma-man, Ma-,

– man, Ma-,

– man, Ma-man, Ma-

– man ?!

... en respectant scrupuleusement le rythme du code secret qu'elle a élaboré, une nuit, dans l'obscurité de sa chambre.

5

Jour de grâce

3 juillet 2020.

C'est un jour d'été comme un autre. Léonard va mourir dans deux semaines, il l'ignore. D'ailleurs, il s'en fiche ; il est persuadé que rien de bon ne peut plus advenir.

En se voyant assis dans son fauteuil, occupé à lire, les yeux rougis, la lettre de sa fille, il se réjouit de constater qu'il avait tort.

Cette lettre se trouvait dans le courrier qu'il était descendu chercher à la poste.

Elle l'y attendait depuis près de quinze jours. S'il était arrivé vingt-quatre heures plus tard, elle aurait été retournée à l'expéditeur et il l'aurait ratée.

Il aurait alors perdu son plus précieux trésor...

Le 21 juin 2020.

Papa,

Il m'a fallu une occasion particulière pour que je décide de t'écrire cette lettre.

Si tu y réponds, peut-être que je te dirai laquelle.

Peut-être.

En attendant, je peux au moins te dire pourquoi je t'écris.

J'ai quarante ans, c'est-à-dire deux ans de moins que Maman quand elle est morte ; et si je t'écris aujourd'hui, Papa - alors même que tracer les lettres de ce mot-là, « Papa », me procure une sensation très curieuse, comme de retrouver à l'occasion d'un vide-greniers l'odeur ancienne de la peluche avec laquelle on dormait enfant -, c'est parce qu'il m'est apparu tout récemment (durant l'occasion particulière dont je te parlerai peut-être plus tard) que je ne pouvais plus supporter de savoir mon père seul, loin de tous ceux qu'il a aimés et qui l'ont aimé. Loin des siens.

Cela m'est soudain devenu impossible, tout simplement.

Pour cette raison, j'ai besoin de savoir comment tu vas, Papa. Si la solitude ne t'a pas trop défiguré. S'il t'arrive de vivre des moments de paix, sinon de bonheur.

Je t'écris en somme pour prendre de tes nouvelles.

Et ce, étonnamment, après vingt-cinq ans de silence entre nous.

Et ce, plus étonnamment encore, en dépit de tout ce que tu as pu faire.

Et de tout ce que tu n'as pas su faire.

Si tu réponds à cette lettre, peut-être que nos routes se recroiseront un jour.

Peut-être.

Je t'écris donc dans l'espoir que tu m'aides à renouer le lien disparu entre nous - espoir fou, sans doute, mais nous savons bien, toi et moi, que le proverbe dit vrai : l'espoir fait vivre. De même que son absence tue.

Je t'écris enfin parce que je tiens à ce que tu saches ceci, Papa : après vingt-cinq ans de silence, et même si tu auras du mal à le croire, et en dépit de tout ce que tu n'as pas su faire,

je t'aime, envers et malgré tout.

Émilie.

Post-scriptum : en complément de cette lettre, tu trouveras quelques photos de moi. Je sais que tu n'en as aucune et que tu n'as jamais trop eu la mémoire des visages. Elles retracent ma vie depuis mon enfance jusqu'à mes vingt ans, c'est-à-dire...
Mais gardons quelques poires pour la soif : après tout, la curiosité pourrait bien te donner une raison supplémentaire de me répondre, n'est-ce pas ?

À la lettre étaient jointes cinq photos. Au dos de chacune d'elles, Émilie avait rédigé quelques lignes de commentaire, en indiquant l'année, en haut à droite.

*
* *

Première photo : un bébé au teint orangé, trois plumes de poussin sur le crâne ; il est endormi dans le sarcophage en plastique de la maternité, les membres recroquevillés comme des pattes de grenouille.

1980.

Maman disait que pendant les trois mois qui ont suivi ma naissance, elle n'arrêtait pas de te répéter de faire attention, parce que j'étais « fragile ». Elle disait que ça t'énervait beaucoup. À ma connaissance, tu ne m'as jamais laissée tomber - en tout cas, pas à cet âge-là.

Pardon... c'était méchant. Mais tentant, tu l'admettras.

Ah, Maman m'a dit aussi, une fois, que mon tout premier mot a été « Papa ». C'est vrai ?

*

* *

Deuxième photo : debout au bord d'une piscine face au soleil d'été, une petite fille aux cheveux clairs, teintés de reflets cuivrés, éclate de rire en fronçant le nez. Ses épaules se relèvent mignonnement.

1987 (88 ?).

Je sais que tu l'adorais, celle-là. C'est toi qui l'as prise, on peut donc penser que tu es responsable de mon fou rire. J'aime bien le penser, en tout cas. Et je me dis que, même si tu ne réponds pas à ma lettre, elle t'aura au moins permis de récupérer cette photo, qui t'appartient finalement autant qu'à moi.

(Mais tu répondras, n'est-ce pas ?)

*

* *

Troisième photo : deux enfants, la gamine rieuse aux cheveux clairs avec deux ou trois ans de plus et son grand frère, qui se courent après sur une plage normande ou bretonne. On voit la mer en arrière-plan. Le ciel est gris.

1990.

Il ne fait pas très beau sur la photo, mais dans ma tête, si. On est à Cancale. Ce sont les dernières vacances avant la tumeur de Maman. Elles n'étaient pas parfaites, loin de là : Tristan ne voulait jamais jouer avec moi (sur la photo, il me poursuit parce que je lui ai piqué son walkman), tu n'étais pas très « présent » – sauf pour nous gronder quand on t'empêchait de lire –, et Maman était tout le temps épuisée sans qu'on comprenne pourquoi... N'empêche, cela reste un souvenir qui réchauffe.

*
* *

Quatrième photo : la jeune fille devenue adolescente, assise entre deux copines à la terrasse d'un café, devant leurs demis de bière. Elle a un visage plutôt disgracieux, le nez a poussé trop vite sur un visage pâlichon, des boutons couronnent son menton et ses cheveux sont gras. Les deux copines lui ressemblent et l'ambiance n'est pas franchement festive.

1996.

Un an que tu n'étais plus dans ma vie, mon petit Papa. « Il est beau, le résultat », comme dit la chanson. Eh oui ! Je ne voudrais pas que tu croies que ça a été facile. Ça n'a pas été facile. Je te rassure, ton absence n'est pas la seule chose qui explique ma mine « dark » de l'époque. L'adolescence a été un long moment compliqué à passer.

J'ai longtemps pensé que tu reviendrais. Pour finir, ce n'est jamais arrivé – mais il est vrai que je n'ai jamais cherché à te joindre non plus. Jusqu'à aujourd'hui.

*
* *

Cinquième photo : dans une ruelle, en pleine nuit, une jeune femme au visage pâle et aux yeux cernés tend son majeur à l'objectif. Lèvre supérieure retroussée sur un rictus moqueur, tempe droite rasée et cheveux teints en vert ; blouson en jean, des patchs de groupes de punk. Derrière le doigt d'honneur, on devine un bracelet en cuir.

2000.

Vingt ans. « Pour tout bagage on a sa gueule »... Je me doute que tu ne m'aurais pas imaginé une gueule pareille à cet âge-là, mon petit Papa, et que ça doit te faire un choc. Le long moment compliqué n'était pas encore passé, et j'avais pas mal de colère.

J'ai pris beaucoup de risques, j'ai beaucoup vrillé. Beaucoup ri aussi, malgré tout. Tristan m'a sauvée plusieurs fois du pire... Aujourd'hui, il m'arrive de penser que mes frasques ont fini par nous nuire à tous deux. Cela dit, ça m'a servi pour plus tard. Rassure-toi, je n'ai plus grand-chose à voir avec la fille vénère que j'étais alors. La preuve : je suis bibliothécaire !

P.-S. : La princesse d'or était loin, mais l'orage blond, lui, venait d'éclater.

P.-P.-S : Oui, j'ai gardé le poème. J'ai gardé tous les poèmes. Et je t'aime, Papa. Envers et malgré tout.

*
* *

Pendant que le vieil homme relit sa lettre pour la sixième fois consécutive, se débattant contre ses émotions dans un combat perdu d'avance, Léonard retrouve sur ses lèvres la saveur salée, précieuse, de cet instant arraché au vide des derniers jours.

Il avait passé la journée entière, assis dans son fauteuil, à lire et relire cette lettre - sa lettre - et les commentaires griffonnés au dos des photos, d'une écriture saccadée qui ressemblait à la sienne.

Il avait eu le sentiment de revivre en lisant ces mots.

En goûtant la musique qui s'en échappait.

Ce jour-là n'a certes pas suffi à lui offrir un nouvel horizon - il avait trop à expier -, mais il a insufflé un peu d'air dans ses vieux poumons fatigués.

Après avoir rangé la lettre et les photos dans le buffet indien situé entre la cuisine et le salon de son chalet, Léonard a recopié l'adresse d'Émilie sur une enveloppe. Puis il a posé une feuille de papier sur sa table, et il s'est mis à écrire.

Mon Émilie,
ma fille orage blond,

Je ne saurais te dire à quel point ta lettre m'a bouleversé. Pour cela, avant toute chose, il me faut t'écrire : Merci.

Jamais je n'aurais cru

Flash !
Elle et lui

Il est dans une pièce blanche, vide de tout meuble. Puis les contours d'un lit se dessinent au milieu de tout ce blanc. Et dans le lit, assise avec le drap tiré jusqu'aux épaules, il y a la femme inconnue et familière de ses vieux rêves. Son masque de cire posé sur le visage.

Cette fois, il ne recule pas. Il tend la main.

Silence bourdonnant.

Cœur battant.

Il va percer le secret.

Mais lorsqu'il arrache son masque à la femme inconnue et familière, un flot de lumière le frappe au visage, jaillissant comme d'une boîte de Pandore - l'image de la lumière se déversant hors d'un coffre en métal lui rappelle un autre film sans titre -, puis il chavire en sentant le secret *entrer en lui*, jusque dans son cœur.

Flash !

Rouvrant les yeux, il découvre la cuisine de son chalet perdu au milieu des montagnes. L'évier assassin, l'étagère chargée des vieilles éditions de Jules Verne, et puis son corps pourrissant sur le carrelage, la face grignotée par un rat qui lui dévore le menton avec un odieux bruit de fouissement.

La porte s'ouvre : quelqu'un vient d'entrer dans le chalet.

C'est une jeune femme aux cheveux clairs noués à la va-vite, vêtue d'un grand manteau noir. Elle traverse le salon...

Et lui, il flotte au-dessus d'elle. Collé au plafond comme une ampoule ! Coincé dans la charpente, il écoute les pas de la femme résonner sur le sol. *Tap-tap-tap-tap-tap.*

Affligé à l'idée de ce qu'elle va bientôt voir, il la regarde avec un amour infini, puisqu'il l'a reconnue.

Effleurant le buffet indien d'une main, Émilie entre dans la cuisine.

Son ombre recouvre le corps, faisant fuir le rat, puis elle pousse un cri.

C'est le cri le plus glaçant que Léonard ait jamais entendu. Ce cri contient tant de douleur, tant d'effroi qu'il *l'aspire*, comme dans un vortex. Alors qu'il se débat pour ne pas se laisser emporter, il voit sa fille, hurlante, tomber à genoux. La bouche ouverte sur le cri qu'elle pousse forme soudain un gouffre d'une profondeur insondable... et Léonard bascule dedans.

*
* *

Agenouillée face au cadavre de son père, Émilie hurle. Elle se lacère le visage avec les ongles et tire dessus comme si c'était un masque - ce qu'il va bientôt devenir, en fait. Car la sorcière est en train de s'envoûter elle-même avec son propre cri ; elle ne le sait pas encore parce que sa peine est écrasante, tyrannique et annihile toute pensée, mais ce hurlement, tout en faisant voler en éclats les pans de réalité qui l'entourent, décrit des cercles concentriques autour d'elle et l'enserre, la ligote dans les fils blancs de ses ondes sonores.

Brusquement, le cri de la sorcière s'arrête. Mais sa peine, elle, ne s'éteindra jamais. Elle pèse si lourd sur son frêle corps d'oiseau qu'Émilie s'effondre ; elle titube, hoquette, puis vomit à côté du cadavre.

Exténuée, elle chute en avant, paumes sur le sol. Et d'une toute petite voix, presque une voix d'enfant, elle dit :

– Papa...

Elle touche d'une main tremblante la jambe du mort. Puis elle recommence à vomir, en éructant avec fureur.

La sorcière est presque à terre. Elle sent que si son front touche le sol, l'envoûtement sera scellé à jamais, et qu'elle sera perdue.

Le front se rapproche du sol, encore.

Mais au dernier moment, elle se redresse ; la main qu'elle a posée sur sa propre poitrine s'y agrippe avec plus de fermeté et, comme si le cœur qui bat dessous avait injecté dans tous ses membres un solide fluide de lumière, elle reprend vie.

Elle parvient à s'asseoir, s'écarte du cadavre, s'adosse au mur le plus proche.

Haletante, elle chuchote :

– Zoé.

Et ce mot prononcé dans le silence de la pièce, ce petit mot de trois lettres articulé tout près d'un mort, semble voler dans l'air devant elle.

À présent, elle doit se battre.

La sorcière inspire et expire calmement, comme elle a appris à sa fille à le faire un certain jour d'enfance. En apparence, Émilie veille le cadavre de son père ; en profondeur, elle évalue les dégâts causés par le sortilège. Elle s'aperçoit alors avec terreur qu'elle n'est plus capable de prononcer la moindre parole. Les mots sont murés en elle.

Ce sortilège est un poison qui s'est infiltré dans ses veines ; une fois qu'il aura achevé sa course, elle sera piégée. Il faut qu'elle réussisse à en retarder les effets, pour regagner la maison, rentrer *parmi les siens.*

C'est sa seule chance. Il n'est pas question qu'elle se pétrifie ici, seule, loin de tout. Comme son père.

Inspire, expire.

Un-deux-trois-quatre. Un-deux. Un-deux-trois-quatre. Un-deux-trois. Un-deux. Un-deux-trois-quatre. Un.

Inspire, expire.

Elle se lève, la main toujours agrippée à son cœur, puisant dans le souvenir des siens pour tenir. Récitant leurs noms en pensée. Elle adresse un ultime regard à la silhouette aimée de son père, dont la vision l'a tant meurtrie, puis elle s'enfuit.

Elle descend le sentier. Pas à pas. Se relève quand elle trébuche, suit le chemin, marche sans s'arrêter. Remonte dans la voiture qu'elle avait garée tout en bas. Enclenche la première et démarre, les yeux fixes, le souffle aussi régulier que possible. Elle sent sa raison vaciller à mesure que le sortilège lui dévore les sens et l'esprit ; mais comme les kilomètres s'accumulent au compteur, elle comprend qu'elle peut réussir.

Elle va réussir.

Elle doit seulement rentrer *parmi les siens.*

Elle roule toute la nuit et une partie de la matinée, en apnée.

Des larmes de joie et de peur lui viennent lorsqu'elle aperçoit enfin son immeuble.

Zoé, Bruno... Ils y sont. Ils l'attendent !

Les rejoindre. Elle peut encore le faire.

Elle gare la voiture en catastrophe - elle n'a plus que quelques minutes devant elle, le poison la dévore, elle le sent enfler en elle.

Son esprit en déroute a le temps de s'étonner du fait qu'elle ait pensé à mettre les warnings avant de descendre.

J'arrive.

J'arrive, mes amours.

Elle compose le code d'entrée avec des gestes terriblement laborieux, fonce dans le hall. Lâche son sac, qu'elle tenait de sa main libre - l'autre est revenue s'agripper à son cœur. Elle ne s'arrête pas pour le ramasser. Elle appelle l'ascenseur.

J'arrive.

J'arrive, mes amours.

Il faut seulement qu'elle les voie. Il faut qu'elle voie leurs visages avant qu'il ne soit trop tard. Si elle y parvient, elle sera délivrée. Le poison s'évanouira, les mots fuseront hors de leur geôle et la vision de son père mort, pourrissant seul, loin des siens, ne sera plus qu'un affreux souvenir auquel elle saura trouver un remède, avec du temps.

Si seulement elle avait plus de temps !

Premier étage. Deuxième.
Troisième, enfin.
Vite, vite, les voir !
Rentrer *parmi les siens.*
Elle sort...

Hélas, quand les portes de l'ascenseur s'ouvrent, au lieu de la lumière espérée du couloir, ce sont les ténèbres qui s'abattent sur elle.

Elle se rue dans l'appartement, mais elle sait déjà qu'il est trop tard ; les ténèbres se rapprochent encore.

Elle ne peut plus bouger. Elle s'est coulée dans une épaisse gangue de glace noire. Elle ferme les yeux sur ces ténèbres...

6

Jour de fierté

10 juillet 2020.

Léonard rouvre les yeux sur la pleine lumière d'un après-midi d'été.

Il est dans la cuisine. Debout, les mains posées sur le plan de travail ; ses épaules tressautent bizarrement, parce qu'il pleure. Il sanglote à grand bruit, seul. Il se gave de ces larmes dont personne ne saura jamais rien. Il n'y en aura plus d'autres. Il les confie à ce stupide évier qui, après-demain, le tuera.

Face à lui, dans un rayon de soleil qui tombe de la fenêtre, la deuxième lettre d'Émilie semble lui sourire.

Contrairement à la première, elle n'a pas eu à rester longtemps dans son casier : juste après avoir envoyé la sienne, Léonard s'est mis à faire chaque matin l'aller-retour à la poste, pour voir si sa fille n'avait pas encore répondu.

Les premiers jours, il se répétait que c'était inutile, compte tenu des délais postaux – surtout dans ce coin perdu –, mais il lui était impossible de s'en empêcher. Un espoir neuf venait titiller son esprit ; et après tant d'années d'engourdissement, comment aurait-il pu l'ignorer ?

Aujourd'hui, cet espoir est comblé. Une nouvelle lettre, qui le bouleverse, le sauve.

Sans bruit, Léonard se glisse derrière son avatar pour partager avec lui sa toute dernière fierté.

Le 7 juillet

Papa,

(Tiens, c'est drôle : ce « Papa » m'est venu le plus spontanément du monde. Comme quoi, il n'était pas enfoui très loin en moi ; il attendait qu'on le réveille, tel le vieux dragon endormi d'un conte de fées. Il l'espérait, peut-être ?)

Tout d'abord, je te remercie de m'avoir écrit.

Merci, Papa.

Ça m'a fait un sacré choc quand j'ai reconnu ton écriture sur l'enveloppe, car pour ne rien te cacher, je ne pensais pas que tu le ferais.

Enfin, je n'étais pas sûre.

Je n'étais sûre de rien, de toute façon, en t'écrivant. Il faut dire qu'à partir du moment où j'ai décidé de renouer avec toi, j'ai eu un peu l'impression de m'aventurer sur des terres oubliées, laissées en friche. Des terres possiblement dangereuses. Des sables possiblement mouvants.

« L'entreprise que j'ai formée », pour citer un auteur que tu aimes, en te lançant cette bouteille à la mer, je l'ai menée dans l'ombre. Je n'en ai parlé à personne, pas même à mon mari. Tu sais ce que j'ai fait ? Ta lettre, je l'ai rangée dans un coffre, et ce coffre, je le cache dans la cave de notre immeuble. Bizarre, non ?

Je ne sais pas trop pourquoi j'ai fait ça. Peut-être parce qu'ainsi, pour l'instant, tu n'es qu'à moi ? J'ai pensé que, de temps en temps, je pourrais descendre pour la relire à l'abri des regards. Et contempler la photo de mon vieux père, solitaire et beau au milieu de ses montagnes...

À propos de cave, sais-tu qui j'y ai retrouvé ? Melchior ! Eh oui, il t'attend, ton vieux « singe sage », les mains sur les oreilles. Si un jour nous nous revoyons, je te le rendrai. Il t'appartient ; c'est bien ce qu'on s'était dit.

Le mien est au salon, toujours muet. J'ai finalement compris que, s'il ne disait rien depuis tout ce temps, c'était qu'il espérait que moi, je me mettrais à parler ; à présent, le voilà libéré du sortilège qui l'emprisonnait ! Peut-être qu'il nous racontera ses histoires... Quant au tien, maintenant que tu as accepté de tendre l'oreille, peut-être qu'il viendra les écouter.

Ne compte pas sur celui de Tristan, en revanche. Aux dernières nouvelles, il l'avait gardé chez lui, mais je préfère t'avouer qu'il a aussi bien pu le vendre au premier brocanteur venu.

Il faut que tu comprennes. La colère de mon frère était si grande, Papa, qu'elle l'a longtemps empêché de vivre, d'aimer et d'être aimé. À une certaine époque, elle l'a rendu aveugle à tout... sauf à moi. Et c'est à cette époque que j'ai fini par admettre que je devais le pousser à partir, pour son bien et le mien.

Aujourd'hui, ton fils voyage. Partout, tout le temps. Principalement sur son voilier. Sans doute est-ce sa façon de fuir – reproduisant ainsi une forme de malédiction familiale –, mais au moins, il voit le monde.

Il m'envoie une carte chaque fois qu'il explore un nouveau pays. Il y inscrit le jour, le nom de l'endroit où il se trouve, ajoute parfois une courte phrase. Il n'a pas vraiment le goût des mots, et puis je pense qu'il aime garder les images dans sa tête, pour lui. Sa lumière intérieure, en ce monde qu'il compare à un champ de ténèbres, c'est la vision d'un bateau voguant sur l'océan, libre.

Ton fils est sans doute plus poisson qu'oiseau, voilà tout.

Ma lumière à moi s'appelle Bruno. C'est mon mari, auquel j'ai fait allusion un peu plus haut dans ma lettre, en prenant bien soin de rester évasive, pour te tenir en haleine ; tu apprécieras le procédé, j'espère.

Et pour répondre à une question qui te vient peut-être : oui, j'ai continué à écrire. En fait, une maison d'édition va publier mon premier roman. Mon éditeur dit qu'il y croit beaucoup... On verra bien. Bruno, lui, me voit déjà lauréate du prix Goncourt !

Il est merveilleux, tu sais. Si nous nous revoyons, il faudra que tu le rencontres. Je crois qu'il te plaira. Il m'a encouragée et soutenue pendant toute l'écriture de mon livre.

À bien y réfléchir, c'est un peu pour lui que je m'y suis risquée.

Et un peu pour toi.

Et puis pour moi aussi.

Je t'en dirai plus à la prochaine lettre, une fois que tu auras répondu à celle-ci. Encore une poire pour la soif. Rien ne presse : nous avons mille choses à nous dire.

En attendant, et plus que jamais,

je t'aime, envers et malgré tout.

Ta fille Émilie.

P.-S. : les trois photos jointes à cette lettre couvrent la période de ma vie allant de mes vingt à mes trente ans. Dans ma prochaine lettre, je t'enverrai une sélection de la dernière décennie. Et alors, je pense que nous serons prêts à nous revoir. Qu'en dis-tu ?

*

* *

Première photo : une jeune femme en débardeur noir, coiffée d'une casquette de soldat guevariste, marche sur un sentier de montagne, mains agrippées aux lanières de son sac de randonnée. Derrière elle, un groupe de copains. Les visages sont joyeux, les looks bigarrés : des dreadlocks, des piercings, des tee-shirts de groupes de punk.

2003.

Le GR20 ! Super souvenir. Je crois que les sentiers corses ont rarement été foulés par des randonneurs aussi mal équipés que notre petite bande. On fumait tous comme des pompiers, on avait rempli nos sacs de canettes de bière. Mais je suis allée au bout et, dans ma tête, ça a correspondu à une sorte de déclic. Comme si ma vie me criait que j'étais capable de faire quelque chose.

Par miracle, la casquette cache mes cheveux colorés en bleu - pas ma meilleure idée !

*

* *

Deuxième photo : un jeune couple s'embrasse devant le pont des Soupirs, à Venise. Il est grand et assez massif, ses cheveux commencent déjà à se dégarnir. Elle semble minuscule dans ses bras. Elle s'est enroulée autour de lui comme une liane, tandis qu'il a posé la main sur sa joue pour accompagner son baiser. Sous cette main, on voit qu'elle éclate de rire.

Ils sont beaux.

2007.

Voici donc mon mari, que tu rencontreras peut-être – si tu es aussi sage que Melchior. C'était notre premier voyage à deux. Comme tu vois, j'avais renoncé aux colorations fluo et aux blousons de cuir, mais je restais quand même assez « agitée », comme fille. Lui était déjà très sérieux. Très calme, très gentil. Patient. Je crois qu'aucun de mes copains n'a compris que je craque pour un mec comme lui ! Mais grâce à Bruno, j'avais décidé que je me foutais éperdument de ce que pouvaient penser les gens.

Sur la photo, je ris parce qu'il avait tenu à ce qu'on pose devant le pont des Soupirs et que je trouvais ça horriblement cliché. Aujourd'hui, c'est une de mes photos préférées.

*
* *

Troisième photo : une jeune femme face au miroir, finissant de se préparer pour une soirée. Elle porte un chemisier jaune dont elle réajuste le col du bout des doigts. Ses cheveux clairs sont coupés court, à la Jean Seberg, et ses yeux relevés d'un maquillage discret. On entrevoit, derrière elle, son mari qui la photographie avec un vieux Kodak.

2009.

Soirée en amoureux, dans un restau chic. On fêtait mon diplôme de bibliothécaire : à l'aube de mes trente ans, je trouvais enfin ma voie. Je me souviens qu'on a mangé des huîtres et que Bruno a dû me porter jusqu'au taxi tant j'étais soûle. Soûle et heureuse. Je ne pensais pas qu'on pouvait être aussi heureuse. Je me trompais, évidemment...

*
* *

Une fois ses pleurs taris, le vieil homme s'assoit dans son fauteuil, où il rédige sa deuxième lettre à sa fille.

Léonard, en le voyant écrire pour la dernière fois de sa vie, sent son cœur s'épanouir et son esprit s'envoler...

[Zoé en bleu]

Elle vole dans le rêve d'un autre.

Un homme qu'elle n'a jamais rencontré, mais dont, étrangement, le visage lui est familier ; elle a l'impression de l'avoir vu plusieurs fois en rêve, ou dans des moments importants de sa vie.

Léonard, son grand-père, se tient debout au milieu d'une pièce blanche, une main posée sur le cœur ; il est très digne, comme un spectre ou un gardien. Ou peut-être un chevalier.

Au milieu de cette pièce, il y a un lit.

Et dans le lit, assise avec le drap tiré jusqu'aux épaules, il y a Maman.

Qui porte encore cet horrible masque de cire.

Un sentiment d'horreur serre le cœur de Zoé. Elle se sent tomber en arrière à l'intérieur d'elle-même, dans une chute qui ne finirait jamais...

... et puis elle comprend.

Tout cela est un mensonge. Ou plutôt un trompe-l'œil, comme dans ces histoires que racontait Maman, où le mal prenait l'apparence du bien, le lâche du courageux, le traître du fidèle.

Zoé comprend aussi que, comme dans les histoires de Maman, seul un chevalier au cœur pur - et au cerveau bien fait - pourra dissiper l'illusion.

Elle ferme les yeux, goûte ses ténèbres intérieures, les rouvre sur la pleine lumière de la chambre.

La pièce est une chambre d'hôpital. Elle n'est ni blanche ni vide de tout meuble. Les murs sont d'un vert pâlichon, il y a une petite table de chevet à côté du lit, un pot de fleurs posé dessus et une double-fenêtre qu'on ne peut pas ouvrir de l'intérieur. Dans le fond de la pièce, une armoire métallique surmontée d'une horloge carrée. Ce n'est pas une très jolie chambre, non, mais elle est *habitée*.

La mère de Zoé - Émilie, comme l'appelle son père - est bien assise dans ce lit d'hôpital, face à Léonard qui tend la main vers son visage comme pour lui ôter son masque de cire.

Sauf qu'elle n'en porte pas. Elle n'en a jamais porté, en fait, puisque le masque n'existe pas ; il n'existait que si l'on voulait qu'il existe. Il a suffi d'une pensée - d'une pensée heureuse - pour l'effacer.

D'instinct, Zoé sait que cette pensée, pour Léonard, est l'image d'une petite fille aux cheveux clairs debout au bord d'une piscine face au soleil d'été, qui éclate de rire en fronçant le nez.

Léonard, face au visage de son enfant, recule respectueusement. Il la contemple avec joie et fierté. Elle ne peut pas le voir, mais peut-être sent-elle sa présence. Oui, peut-être.

Émilie n'est pas la seule vivante dans cette chambre. Un homme est assis au bord du lit, dans une position inconfortable qui ne semble pourtant pas le gêner ; il n'a d'yeux que pour la femme qu'il aime, et dont il tient les mains serrées à l'intérieur des siennes. Par moments, il embrasse ces mains si fines.

Papa, pense Zoé.

Ça ne peut être que lui, avec ses grosses épaules, ses cheveux dégarnis et ses sourcils touffus. Il porte un polo vert assez laid - mais son visage ému est indéniablement beau.

– Tu es là... Tu es revenue..., répète-t-il entre ses larmes.

Maman le regarde sans rien dire. Non parce qu'elle en est incapable, mais parce que les mots, pour l'heure, sont inutiles.

Son visage fier dit qu'elle a souffert, enduré, espéré et *combattu*, et qu'elle triomphe aujourd'hui d'un mal colossal, qui aurait pu l'emprisonner à jamais si elle n'avait fait preuve du plus grand courage - et si elle n'avait été entourée des siens. Les fines rides qui s'esquissent au coin de ses yeux témoignent de ce combat, tout comme la fatigue qui s'est amoncelée sur son corps, ternissant un peu l'éclat de ses cheveux cuivrés.

Mais son sourire, lui, est plus bruyant que jamais. Aucune gangue noire ne pourrait l'enfermer.

Zoé voit Léonard contempler tout cela, à quelques pas de distance. Il regarde sa fille qui est redevenue elle-même. Il se repaît du spectacle de sa fille belle et en vie, de ses yeux perçants qui irradient. Elle est oiseau, oui, un oiseau de feu qui renaît de ses cendres.

– Je t'aime, ma jeteuse de sorts, dit-il.

À peine a-t-il prononcé ces mots qu'il se met à disparaître, pour la dernière fois.

Émilie, dans son grand lit blanc, a tressailli. Est-ce qu'il a réussi à se faire entendre d'elle ? Est-ce que sa voix a porté assez loin ?

Il espère de tout son vieux cœur que c'est le cas, mais ce n'est pas ce qui compte. Ce qui compte, c'est que ses mots ont produit une musique pure, diamantine ; une musique un peu plus qu'humaine.

Et Léonard voit soudain cette musique s'élever dans l'air, l'entourer, le bercer merveilleusement ; il la voit décrire des cercles concentriques autour de lui, pour l'enserrer, le ligoter patiemment dans les fils noirs de ses ondes sonores. Et plus cette musique l'assaille, moins il a peur.

Enfin, la musique se change en un grand lac noir qu'il laisse voluptueusement entrer en lui et dans lequel il se laisse sombrer ; alors, les ténèbres reviennent aux ténèbres.

Et Zoé se réveille.

Elle décolle sa joue du canapé sur lequel elle s'est endormie, à son retour de la cave. Elle a l'impression de sortir d'un terrier de lapin profondément enfoui sous les racines de l'arbre des pensées. Son arbre.

La porte s'ouvre : quelqu'un vient d'entrer.

Elle court dans le salon, y trouve son père qui referme la porte… et à côté de lui, Zoé voit sa mère, qui la regarde, une main posée sur son cœur.

– Te voilà, toi, chuchote-t-elle.

Zoé ne répond rien. Elle observe sa mère revenue d'entre les morts. Puis elle se jette dans ses bras, l'enserre à l'étouffer. Respire à fond sa chaleur rassurante.

– Ma grande fille, lui dit sa mère.

Zoé s'écarte et lui offre un sourire. Ce sourire, décide-t-elle, sera son fait d'armes personnel, le mémorable exploit de la Stupéfiante

Cérébra ; elle offre ce sourire à sa mère pour la remercier d'être là, de retour. Le sourire de la fille de la sorcière.

– Je t'aime, lui dit Émilie.

Sous les mots, Zoé entend le joli sanglot qui roule dans la voix de sa mère, et elle lui est reconnaissante lorsque les premières larmes coulent. Son père pleure à son tour et Zoé est heureuse à l'idée que ses parents se livrent devant elle et pour elle, librement.

C'est alors que le joli sanglot de Maman tressaute pour devenir un rire très doux, le rire d'une femme qui se rend compte que le pire aurait pu advenir mais qu'il n'est pas advenu, et que la peur est désormais derrière.

Du fond du cœur, Zoé chérit ce rire.

Lorsqu'elle relève les yeux, sa mère lui dédie son sourire le plus bruyant. Zoé lit mille choses tapies derrière ; elle devine les traits de son grand-père, qu'elle n'a jamais rencontré et ne rencontrera jamais, mais qu'elle a vu entrer dans le lac noir, très loin sous les racines de l'arbre aux pensées. Qu'elle a même accompagné en rêve, afin qu'il n'y aille pas seul.

Sans le rire de sa mère, se dit Zoé, jamais elle n'aurait plongé aussi loin.

*
* *

***[Courrier renvoyé à l'expéditeur.
Motif : Dépassement du délai de mise en instance
en bureau de poste.]***

Le 12 juillet

Papa,

J'écris sous le choc de ta deuxième lettre, qui m'a bouleversée. Pour ne rien te cacher, j'avais prévu, au départ, de te laisser mariner encore un certain temps avant de me décider à faire le grand saut (ou peut-être que je cherchais une façon de me protéger moi-même en retardant le moment fatidique ?)...

Mais après t'avoir lu, je ne veux plus ajourner nos retrouvailles.

Nous partons en vacances la semaine prochaine, avec Bruno et Zoé. Pas très loin de ton chalet. Au premier signe de toi, si bien sûr tu en as autant envie que moi, nous venons te voir.

Ou bien, si tu préfères, je peux aussi venir seule, dans un premier temps.

Oui, ce serait peut-être mieux qu'on se voie d'abord tous les deux. Quand tu voudras, Papa. Ton jour sera le mien.

Bref, dis-moi. J'attends ta réponse, quelle qu'elle soit. J'attends et j'espère, Papa.

J'attends et, plus que jamais, je t'aime, envers et malgré tout.

Ta fille Émilie.

P.-S. : Tu auras noté que j'ai évoqué une certaine Zoé qui nous accompagne dans nos vacances. C'est notre fille, unique et adorée. Elle est l'autre lumière de ma vie et, incidemment, elle est aussi la fameuse raison qui m'a poussée à t'écrire, puisqu'il faut bien finir par lever le mystère. Vois-tu, le mois dernier, à son dixième anniversaire, elle m'a demandé de lui parler de toi. Et brusquement, après tant d'années de silence, je me suis aperçue que j'avais envie d'être capable de lui répondre.
Afin que vous fassiez connaissance, voici une photo d'elle, prise ce matin avec un Polaroïd.

*

* *

Debout au bord d'une piscine face au soleil d'été, mains sur les hanches, une petite fille aux cheveux blonds et ondulés affiche un grand sourire de victoire.

Été 2020.

Aujourd'hui, notre Zoé vient de sauter du plongeoir des dix mètres. Elle a époustouflé toute la piscine.

Elle a été, comme souvent, éblouissante.

Je suis convaincue que ce jour restera toute sa vie gravé dans sa mémoire.

Les films de Léonard

Ingmar Bergman, *Le Septième Sceau*
Henri-Georges Clouzot, *Les Espions*
Kurt Neumann, *La Mouche noire*
Frank Capra, *La vie est belle*
Wolf Rilla, *Le Village des damnés*
Robert Aldrich, *En quatrième vitesse*

Préparation de copie : Sophie Loria
Correction : Guillaume Müller-Labé
Graphisme de couverture : Raphaëlle Faguer
Fabrication : Marine Garguy & Sébastien Dos Santos
Composition et mise en pages : Nord Compo à Villeneuve-d'Ascq
Photograveur : IGS-CP

Achevé d'imprimer en France
par CPI Firmin Didot
en janvier 2023
N° d'impression : 173588